魔幻偵探所

43

劇院謀殺案

關景峰 著

新雅文化事業有限公司
www.sunya.com.hk

魔幻偵探所

人物介紹

南森

身分：魔幻偵探所創辦人、領頭羊

年齡：120歲

畢業學校：斯塔福德學院（伏魔系）

學位：博士

捉妖經驗：108年，獲得「捉妖能手」、「怪獸剋星」等稱號

性格：遇事鎮定、善於思考，生氣時聽到幾句好話氣就消了

最具殺傷力的武器：
顯形粉、捆妖繩、無影鋼鐵牆

海倫

身分：魔幻偵探所成員，南森的得力助手

年齡：13歲

畢業學校：劍橋大學（法術系）

學位：學士

捉妖經驗：1 年

性格：開朗、逢事觀察細緻，吵架時總讓着本傑明

最具殺傷力的武器：捆妖繩、凝固氣流彈

本傑明

身分：魔幻偵探所實習生

年齡：11 歲

就讀學校：牛津大學（捉妖系）

捉妖經驗： 3 個月

性格：聰明淘氣、遇事毛躁

最厲害的戰術：非常規戰術

派恩

身分：魔幻偵探所實習生

年齡：10歲

就讀學校：倫敦大學魔法學院（反幽靈技術系）

捉妖經驗：1個月

性格：聰明活潑，非常好勝，有時候喜歡誇誇其談

保羅

身分：魔幻偵探所機械狗

年齡：100 歲

工作能力：無所不知的電腦資料庫，善於用百分比分析事物

性格：異想天開、調皮、懶惰

最喜歡的食物：潤滑油

最具殺傷力的武器：追妖導彈

特級裝備

捆妖繩

能夠對準魔怪迅速旋轉收縮，將它捆緊綁實，繩子一旦落到魔怪身上，就像嵌入肉裏，魔怪越掙脫綁得越緊，當然放繩子時可要放得準才行。

無影鋼鐵牆

這堵牆其實就是氣流，它把氣流變成了無影無形的鋼鐵牆壁，能將敵人困在其中，衝不出去。

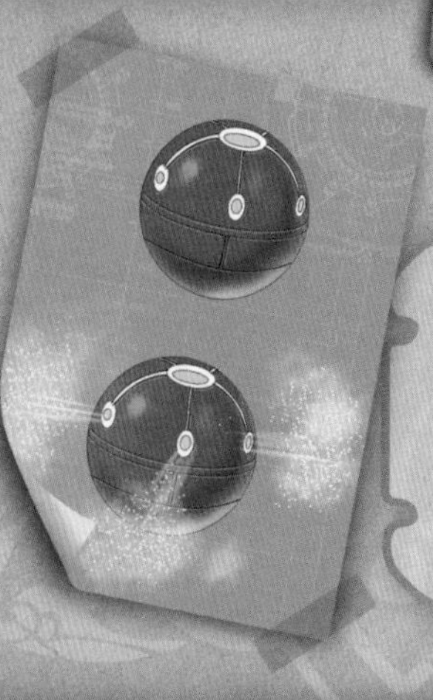

顯形粉

這是一種非常神奇的粉末，即使魔怪偽裝、隱形了也完全能顯現出它的原形。對了，「顯形」就是「現出原形」的意思！

裝魔瓶

能把魔怪收進裏面，使其在三天內化成清水的神奇瓶子。即使魔怪身形再龐大，也能收進瓶內。

幽靈雷達

能夠準確測定氣流存在的方位，並及時發出警報的裝置。它能跟蹤、測定魔怪在哪裏。不過，如果魔怪的魔力非常強，幽靈雷達有時候也可能測不到，它的更強大的功能還有待你去改進！

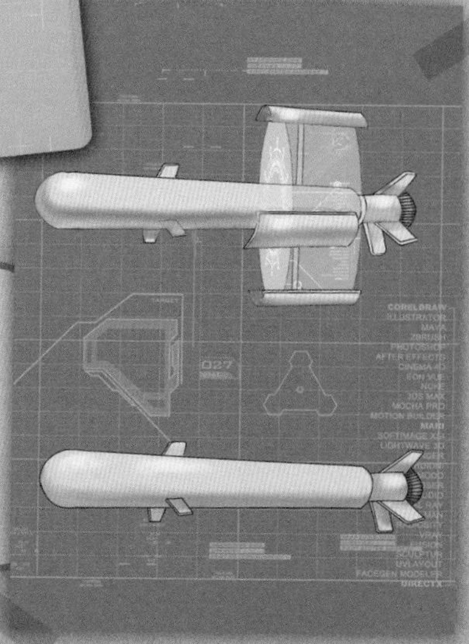

追妖導彈

能夠自動尋找魔怪，進行智能追蹤的導彈，這種導彈威力比較大，一般魔怪根本抵抗不了。

魔幻偵探開始行動！

目錄

第一章　倒下的男演員

「威爾森，威爾森，你騙了我……」一個女士流着淚說，她的聲音都是顫抖的，「我看錯你了……」

「不，桃莉絲，你誤會我了，我只是去巴黎處理一下生意上的事，然後就回來……」一個男士擺着手說，他的腳旁，放着一個行李箱。

「你還在欺騙我，我全都知道了，你去了巴黎就再也不會回來的，因為你已經拿到了錢。」女士哭着，「你根本就是看上了我父親的錢，你根本就不喜歡我，是的，從來就不，你一直在騙我，洛克雷爾先生把一切都告訴我了，你拿到了支票，你已經賣了這裏的房產，你把銀行的錢都全部提走了，你還說要回來，你還在騙我……」

「我、我沒有呀……」男士很是尷尬地說，「聽我說，桃莉絲，這裏有誤會。」

忽然，女士從自己的手袋裏掏出一把小匕首，拿在手裏，對着那個男士。男士嚇壞了，連忙退後一步。

「桃莉絲，不要呀，我真的沒有欺騙你，不要聽洛克雷爾的話，我……」

「事情都這樣了，哪怕你現在承認你是騙我，我都不會……」女士向前走了一步，她的手微微顫抖。

諾丁漢市的格雷劇院裏，幾百人的演出大廳幾乎座無虛席，大家正在看着劇院上映的、由格雷劇團推出的舞台劇《秋日》，該劇的劇情跌宕起伏，演員表演投入。這部戲已經連續上演了半年時間、三十多場了，但是觀眾熱情不減，很多觀眾都是從倫敦、利物浦、伯明翰等地慕名前來觀賞的。

此時，《秋日》已經上演到了全劇的重頭戲——火車站決裂的一幕，所有的觀眾都屏着呼吸，看着舞台。

舞台上的燈光投射在男女主人公身上，他們是全場的焦點。

「桃莉絲——」男士大喊一聲，後退着。

「你是騙子——」女士猛衝兩步，用手中的匕首猛刺男士。

男士連忙躲閃，並用手去擋刀，他的手被刀劃過，男士大叫一聲，連忙捂着手，他的手被刀割傷，血當即流了下來。

女士也有點呆住了，並且害怕了，手中的匕首掉在了地上。這時，一個列車員跑了過來。

「噢，女士，你這是幹什麼，你刺傷了他。」列車員說着跑向男士，想去救助被割傷手的男士。

男士開始是捂着滴血的手，隨後他倒在地上，他重重地砸在了地板上，聲音非常大。

扮演桃莉絲的女演員和列車員都有點愣住了，因為這是不曾有的情節，被割傷手的男士按照以前的劇本，會痛苦地喊叫，最後被列車員帶走治療，被割傷手，不會倒在地上的。而且因為是舞台劇，按照劇本要求，男士只要捂着手，不會真的有血流下來。

「德里克？」列車員似乎發現了什麼不對，他叫了一聲。德里克是演員的本名，威爾森是劇中人的名字。

男士躺在地上，一動不動。女演員有些不知所措了，她看着列車員，又看看倒地的男演員。

男演員倒在那裏，列車員走過去，蹲下身子，看着男演員，男演員緊閉雙目，臉色發紫，列車員一驚，隨後用手摸了摸男演員的脖子。

「啊，他死了——他死了——」列車員像是觸電一樣，跳了起來。

「啊——」女士驚恐地大叫着，「啊——德里

克——」

「來人呀——德里克死了——」舞台上，列車員向後台跑去，「快來人呀——」

「啊——」女士驚叫着，跟着跑進了後台。

觀眾席上，一片混亂。這部戲已經演了三十多場了，有一些觀眾是第二次甚至第三次觀看，已經知道情節。以前的情節是男士手被割傷，被列車員帶走包紮，後面還有不少他的戲呢。一些觀眾察覺到不對，紛紛站起來，距離近的觀眾看到了倒地男演員的右手旁有很多血。

這時，大幕落了下來。有些膽小的觀眾知道出了事，連忙退場，幾個膽子大的觀眾則衝上舞台去掀幕布，想看看究竟發生了什麼……

第二天……

一張桌子上擺着一份報紙——《諾丁漢記事報》，報紙的頭版標題，「格雷劇院發生謀殺案，假匕首被換成塗抹劇毒的真匕首」。

南森博士拿起報紙，看了看，隨後又放下，他已經看過一遍報道了。此時的偵探所成員們，就在諾丁漢市，最近他們的時間稍微寬鬆些，南森博士帶着大家去諾丁漢度假，這也是應南森的老同學、諾丁漢市魔法師聯合會的奧斯頓會長邀請，通過這次到訪研討、改善一些魔法技術上的問題，同時也能紓緩一下前期緊張工作的壓力。南森他們已經到這裏三天了。

「……這件事看上去是一宗精心謀劃的謀殺案，劇組裏負責道具的達倫和男演員德里克下午發生了激烈爭執，結果晚上德里克就被刺死了，確切説是被毒死了。達倫把道具匕首換成了真匕首，刀刃上還塗抹了劇毒氰化物，動手刺人的女演員不知道匕首被換成真的，道具師給她什麼她就用什麼。根據劇情，她從袋裏掏出匕首就去刺德里克，假匕首是木頭的，塗了亮漆，根本不會傷人，德里克當然也不知道，按照劇情他用手去擋刺過來的刀刃，然後捂着手，但是這次他的手真的被割破，氰化物進入了他的身體，隨即就斃命了。」奧斯頓會長也看了那份報紙，此時他就在南森住的酒店房間裏，小助手們也都在，「道具師達倫在開演後就不見了，警方沒花多長時間就把案件時序疏理出來，現在正在全力追捕達倫。問題是，死者德里克就在案發當天中午給我打過電話，説他發現了劇院裏似乎有個魔怪，不過他説下午他要休息一下，晚上還有演出，説好今天上午到聯合會向我説明情況，沒想到晚上他就……」

「噢，奧斯頓，老奧斯頓，你做事情總是慢吞吞，而且保持這個風格一百多年了。」南森苦笑着説，「記得上學的時候實驗室失火那次嗎？同學們都跑出來了，你最後一個出來，火都要燒到你了，還是那麼不緊不慢……有人舉報發現魔怪，你怎麼還慢吞吞地約到今天呢？」

「噢，南森，老南森，你是真沒有當過魔法師聯合會的負責人呀。」奧斯頓擺擺手，「你知道每年我們接到多少這種所謂的魔怪靈異事件報告嗎？一萬次裏都沒有一次是真實的，有人到車庫拿東西，燈光昏暗點，隨即就打電話來説看到魔鬼了，我們跑去一看，就是萬聖節的南瓜擺在車庫，還有人説在家裏看到魔怪了，我們過去的時候，那人已經沒事了，説剛才就是自家的小狗頂着浴巾在走廊裏跑……我以為這次也一樣呢。」

「啊……抱歉。」南森聳聳肩，「你這麼説，我理解了，我想，本來你以為德里克的電話就是一次誤報，但是德里克晚上就被殺了，所以你就覺得這件事沒那麼簡單了。」

「對的，老南森。」奧斯頓點點頭，「儘管警方已經去追查那個道具師的下落了，看上去就是道具師換掉了匕首，但是我總感到有什麼不對，這件事好像很巧合呀，我懷疑德里克是不是真的發現了什麼，被滅口了。」

「道具師換掉道具匕首，聽上去很合理。」南森說，「可是道具師為什麼不自己下手呢？偏偏要利用女演員？他趁人不備刺死德里克，然後悄悄逃走的機會還是有的吧……」

「有些人確實膽子小，下不了手，所以要借他人之手……」奧斯頓聳聳肩，「這種情況不能說罕見，而且我聽說這個道具師正是這樣的人，劇組裏的人都說他平日裏膽子就很小。」

「嗯，我們說了半天，德里克給你打電話說了什麼？他發現了什麼魔怪？」南森說着用力靠了靠沙發，似乎讓自己舒服一些，「這好像是最關鍵的。」

「也沒什麼，太過普通，噢，我說的普通是指在那些發現魔怪的目擊報告中……」奧斯頓說，「他說他進了更衣室，看到一件演出服被撐了起來，好像有人在穿衣，隨後那件衣服就攤在地上了。他確信房間裏沒有別人，不過似乎連他自己都有些含糊不清，他也怕自己眼花，所以才說今天來和我談談，他要是當面看到魔怪的臉，那就會直接把我叫去的。」

「他要是直接看到魔怪的臉，應該沒機會給奧斯頓先生打電話了。」派恩一直坐在旁邊，插話說。

「所以說，他也許是看花眼了，自己都不確定。我剛才也說了，家裏的寵物頂着浴巾在走廊跑都能被看成魔怪事件，所以我確實也不是很在意，這種報告每個月都有，他自己也說不清看到了什麼，我還問有沒有危險，他說一切正常，就是看見一件衣服被撐起來。」奧斯頓說着歎了口氣，「不過現在想想，我要是進一步多關注一些可能就好了，這個人晚上就死了，我想這件事可能沒那麼簡單……」

「你也不用自責，很多事都是預想不到的。」南森說着站了起來，他看了看小助手們，「不管怎麼樣，我們去現場看看。」

「是呀，我會魔法但是不太懂查案呀。」奧斯頓也站了起來，「還好你們在這裏，我們這個城市太小，有魔法師但沒有魔法偵探。」

「格雷劇院。」保羅已經開始用身體裏的導航地圖查詢方位了，「噢，走路過去也就十多分鐘呀。」

「是的，我們這個城市很小。」奧斯頓說着看看保羅，「噢，保羅，我和南森都有點老了，你還是沒變，幾十年前你來的那次，說我們這裏的「三角牌」潤滑油不適合你的口味，我也沒法去品嘗潤滑油的味道……」

半小時後，南森帶着小助手們出現在格雷劇院的門口，海倫和本傑明沒有走到劇院就開始用幽靈雷達進行探測了。格雷劇院門口，沒有一個人，這家劇院是一個非常古老的建築，建築本身就是一件文物。南森他們剛走到台階上，門開了，裏面走出一個中年人，這人個子不高，頭髮稀疏，紅光滿面，兩隻眼睛很大。

「哎呀呀，大名鼎鼎的南森博士，南森大偵探……」那人走上前，滿臉笑容，「真是榮幸呀，能看到大名人，你好，我是這家劇院的總經理，我叫歐尼斯特，噢，還有可愛的孩子們，也都是名人……」

南森他們來之前，打電話聯繫了歐尼斯特總經理，他們也給警方打過電話，警方同意他們去勘驗現場，如果是魔怪案件，他們將會把此案交給南森處理，此時他們正在尋找失蹤的道具師達倫。

「歐尼斯特先生，你好。」南森伸出手，「打擾了，還請你帶我們到各處看看，我們來實地調查一下案情。」

「好的，好的。」歐尼斯特連連點頭，「其實都很清楚了，道具師達倫是個壞人，我一直覺得他長得就像個壞人。至於你們說的這件事可能牽涉到魔怪事件，我想可

能性不大，啊……你們要是沒有發現什麼，我就能重新開業了吧？每天的水電費、員工工資，時間長了，我可消耗不起呀，關鍵是好不容易推出一部賣座的劇，突然中斷，唉……」

「這個……我們會儘快。」南森表示理解地說。

第二章　道具服裝

南森他們進入了劇院，劇院有個很大的前廳，大理石的地板，很光滑，在燈光照耀下，依稀能映射出人影。

大廳的左右兩側，各有一條樓梯，通向二樓。大廳左右兩邊，各有一扇門，走進去就是劇場了，一樓劇場有三百個座位，二樓則是包廂，有三十個。南森他們走進了劇場，歐尼斯特叫一個燈光師打開了劇場的燈，劇場的整體面積不算大，但很高。正中央的舞台，還拉着警戒線。

「那裏就是德里克被刺中的地方？」南森指了指警戒線的位置，那裏在舞台的右側。

「對。」歐尼斯特點點頭，「噢，真沒想到會發生這樣的事，假匕首變成了真匕首，這都要怪道具師達倫，沒想到他是這樣的人。來，你們可以去舞台上看看……」

歐尼斯特把南森他們引向舞台，最前排的觀眾席兩側各有一個五層台階，可以走上舞台。

「內場燈關閉——開舞台燈——」歐尼斯特突然大聲喊道，像是對着空氣喊。

照射觀眾席的燈光頓時熄滅，隨後，舞台燈打開，幾組燈光把舞台照得很亮。歐尼斯特其實是對着包廂上方的控制室説話的，那裏的燈光師能控制全場的照明系統。

劇場裏觀眾席的燈熄滅，而南森一會還要對這裏進行全面搜索，沒有燈光將影響搜索行動的展開。奧斯頓皺着眉，看看歐尼斯特。

「節約用電，電費非常貴的，燈光非常耗電。」歐尼斯特滿臉堆笑，略帶不好意思地説，「你們如果需要使用燈光照明，我馬上和燈光師説。出事後演員和職員都放假回家了，聽説你要來，我叫來燈光師還有道具師助理。」

南森已經走到了舞台上，他看着警戒線裏德里克倒地後被警方勾勒出的身形，德里克是被刺中後中毒斃命的，動手的是不知情的女演員，所以這裏不會有什麼魔怪反應。海倫對着現場拍照，保羅簡單地掃描了一下現場，隨後走到舞台中央，從那裏看向觀眾席——好像一個演員一樣。

「歐尼斯特先生，演員更衣室在什麼地方？」南森忽然問，他其實最想看的是德里克説看到戲裝被撐起來的地方，如果真有魔怪，那裏最有可能留下魔怪反應。

「噢，請跟我來。」歐尼斯特連忙説，他指着舞台的右側，「從這裏走，就到後台了，更衣室在後台……保留一束燈光——」

歐尼斯特邊帶着南森他們走進後台，邊回頭對控制室説道。他時刻不忘節省電費。

南森他們來到了演員更衣室，參加演出的男演員都在這裏更換演出服。更衣室很大，但是更衣空間並不大，主要是裏面擺着一個個的大箱子，箱子裏都是演出服裝，還有一排排的架子，架子上也掛着演出服裝。最外面的一個架子上，掛着一塊牌子，上面寫着「格雷劇團，《秋日》演出服」幾個字。

「格雷劇團？就是德里克所在的劇團吧？」南森看看歐尼斯特，「和格雷劇院是什麼關係？」

「其實就是我們劇院自己的劇團，常年在這裏演出，有些時間，我們劇院也會請其他劇團來演出，不過時間都不會很長，最長的也就半個多月。」歐尼斯特解釋説，他忽然微微笑了笑，「我其實也兼任這個劇團的總經理。」

「噢，明白，總經理先生。」南森揚了揚眉毛，「那你的工作可是夠忙的。」

「還好，還好，有好的戲上演，我就會忙，否則也沒什麼事。」歐尼斯特説，隨即臉色變得憂鬱起來，「好不容易有這樣一部賣座的戲，結果遇到這樣的事，沒想到呀。」

南森點點頭，他低頭思考了什麼，隨後抬起頭。

「德里克説他看見了一件被撐起來的衣服，是哪件呢？」南森問身邊的奧斯頓。

「這個……我想想……」奧斯頓皺着眉頭，「好像……我先想想……」

「全面檢查。」南森先是點點頭，隨後揮了揮手。

小助手們拿着幽靈雷達，開始對最前排的衣架上的衣服開始檢查，如果真有魔怪穿過哪件衣服，那麼就有可能留下魔怪痕跡。保羅則跳上一張桌子，雙眼射出光束，對着整個房間掃描。

「歐尼斯特先生，我想知道你們這個劇院，古老的劇院，有沒有發生過什麼魔怪事件，或者説是那種無法解釋的現象？」

「沒有，從來沒有。」歐尼斯特連忙搖着頭，「我在這裏好幾十年了，沒聽説過，那天德里克其實也和我説了，説在這裏看見一件衣服豎立了起來，嚇了他一跳。那是一個中午，離晚上的演出還早，他好像有什麼東西丟在這裏，來拿的時候看到的。哎，他那天中午喝了點酒，我覺得他一定是看花眼了，他自己好像也不是很在意，我還說呢，這個劇別的男演員也在這裏換衣服，怎麼就沒發現什麼異常。」

「德里克先生愛喝酒嗎？」南森眉毛一挑。

「會喝一些，當然算不上酗酒，就是經常會喝那麼一點。」歐尼斯特說，「他可是個好人，大家都說他為人不錯。」

「嗯，這個我聽說了。」南森點着頭說。

《秋日》舞台劇的演出服已經檢查完了，小助手們沒有任何發現。不過裏面還有幾個衣架，海倫、本傑明和派恩走過去，各自檢查起來。

一個衣架上寫着「格雷劇團，《伯尼森城堡》演出服」幾個字。本傑明檢查着這個衣架，衣架上的服裝都是古代服裝，本傑明用幽靈雷達依次探測，他不小心碰掉了一件上衣，連忙撿了起來，隨手對着自己比了比。

「嗨，我穿上像不像個伯爵？」本傑明問不遠處的海倫，他手裏拿的這件衣服是一件貴族衣服。

「好好工作。」海倫很是嚴肅地說。

「我看像個海盜。」派恩在一邊笑着說。

「好好工作——」本傑明瞪着派恩，「又沒有問你……」

「本傑明——等一下——」保羅忽然大聲地説，隨後從桌子上跳下來，衝到本傑明身邊。

本傑明正要把衣服掛好，聽到保羅的喊聲，愣住了，他舉着那件衣服站在那裏。保羅衝過去，先是用鼻子聞聞那件衣服，隨後雙眼射出光束，掃描衣服。大家也都看着保羅，他好像有什麼發現。

「噢，沒什麼。」保羅收回了光束，「我的系統過於敏感了，以為有魔怪痕跡，我又檢測了一遍，沒有。」

「噢，老保羅，你不要大呼小叫的。」本傑明長出一口氣，「嚇了我一跳。」

「好好工作，膽子那麼小。」保羅用教訓的口氣說，隨後轉身離開。

「每齣戲的服裝都不一樣啊。」南森看着後面衣架上的衣服，隨口說。

「是的，《秋日》的故事背景發生在第一次世界大戰後，服裝是近現代的，《伯尼森城堡》的故事發生在古代，16世紀，服裝都是古代的。」

「明白。」南森說完看了看穿衣鏡裏的自己，更衣室裏的這面穿衣鏡非常大，整體鑲嵌在一面牆上。

「啊，我想起來了……」奧斯頓在一邊一直盯着那件貴族服裝，此時走過去摸那件貴族服裝，「德里克好像隨口說被撐起來的衣服是一件古裝，是的，他大概這樣說的。」

「是這件嗎？」南森連忙問。

「這可沒說，只是隨口說是古裝。」奧斯頓想了想，「這裏古代衣服可真不少，也不知道是哪一件。」

南森點了點頭，沒説話，只是看着那些衣服。

小助手們把更衣室裏所有的衣服都檢測了一遍，那些箱子也都打開進行檢測，結果沒有發現任何的魔怪痕跡。本傑明有些失望地走到南森身邊。

「沒什麼發現，博士。」

「啊，知道了。」南森看了看歐尼斯特，「我想看看劇院的其他地方，全面了解一下這裏。」

「嗯……更衣室裏沒有你們説的魔怪痕跡，是不是可以説這個案件就不是魔怪案件了？」歐尼斯特看起來也很急迫，「我的意思是這個案件就是道具師幹的，他和德里克吵架的事我也知道，他就是懷恨報復，如果不是魔怪作案，我們應該很快就復業了吧？」

「這個……」南森想了想，「還是看一下整體情況，調查必須全面，這裏當然是重點，但是如果有魔怪作案，也不可能僅僅只在這裏。」

「你説得對，説得對。」歐尼斯特略帶一些無奈地點着頭，「不過更衣室這裏就屬於後台了，從這裏過去就是劇院的後門了，後門外是劇院的後院，有很多樹，很漂亮，不過演員們很少去那裏。」

第三章　樹上跳下的松鼠

從舞台後出來，他們到了劇院的後門，後門開着，他們走出去，直接看到了劇院的後院。這個後院的面積遠遠超過了南森他們的想像，可以說這裏就是一個小型公園，或者說是一片樹林，有一些樹木的直徑都在兩米左右，要幾個人合抱才能圍起來。

「這麼大的後院呀。」南森感慨地説，隨後走下台階，向前走了幾步，前面三十米的地方，就有兩棵大樹。

「這片樹林的歷史，其實比劇院還古老，劇院是三百多年前建在這片樹林前的，這裏倒成了劇院的後院了。」歐尼斯特不無得意地説，「這裏現在都是樹林保護區了，連同劇院，都是諾丁漢市的歷史組成部分。」

本傑明和海倫向前走了幾步，用手中的幽靈雷達對着樹林探測，他們當然不寄望在樹林裏能發現什麼魔怪。事實上幽靈雷達確實沒探測出什麼。

兩隻松鼠從右面的一棵大樹上追逐而下，一隻松鼠跑到了左面的大樹上，後面的那隻跟着就追到了樹上。兩隻松鼠在樹上繞圈追逐，被追趕的松鼠逃到了大樹分叉的地方，剛剛坐下，似乎要緩一緩，看到後面的松鼠追來，猛地一竄，直直地從樹上跳了下來。

「啊——」海倫驚呼一聲，松鼠跳下的大樹分叉處，距離地面有五米高，儘管是松鼠，從這麼高的地方跳下，也是有危險的。

跳下樹的松鼠在地上翻滾了一下，隨後一瘸一拐跑進樹林深處，看起來牠確實受傷。追逐牠的松鼠似乎也被同伴的這個舉動嚇到，牠轉身沿着樹幹跑下來，又去追那個同伴了。

一陣風吹過，有樹葉落地。南森走到樹的旁邊，看着被風吹落的一片樹葉，隨後，他彎腰撿起地上一個小小的東西。

「是……鋸末？」南森喃喃地説道。

「南森先生，你看這片樹林也算是看完了吧？」歐尼斯特湊上來，小心地問，「如果這裏也沒什麼，你看看什麼時候和警方説一下，劇院裏沒有魔怪作案的可能，那我們這裏也就能恢復演出了，我只要重新找個人扮演威爾森就可以了。」

「你可真是一個心急的人呀。」南森無奈地看了看

為什麼松鼠突然從高
處跳下來？

歐尼斯特，「必要的程序都沒有完畢呢，現在僅僅是一個初步的檢測……有關道具匕首換成了真匕首這件事，還有道具師達倫和受害者德里克發生過衝突的事，我們都要具體了解一下，來之前我們和你電話溝通過，要詢問當事人。」

「啊……是……是……」歐尼斯特連連地點頭，「我確實着急了一些，這麼賣座的舞台劇中斷演出，劇院和劇團損失太大……可是刺傷德里克的那個女演員現在受了刺激，還在醫院，哎，她也是受害者。達倫在逃，也無法接受詢問，不過道具師助理萊斯利在，他知道所有的情況。」

「那我們就去問他。」南森說。

「他就在我的辦公室，我讓他在那裏等。」歐尼斯特忙不迭地說。

歐尼斯特帶着南森他們向自己的辦公室走去，他的辦公室就在後台左側走廊，那裏有幾個房間，歐尼斯特推開一扇門。

「萊斯利——」歐尼斯特看着房間裏，房間裏空蕩蕩的，沒有人，「萊斯利——跑哪裏去了——」

「或許去別的房間了，可以打他手機……」南森看着歐尼斯特的辦公室，這間辦公室的面積不小，布置有些雜亂，從這裏看出去，正是劇院後的樹林。

「我叫他在這裏等的呀。」歐尼斯特說着轉身要往外走，似乎要去別的房間找。

忽然，幾米外的沙發背上露出一個頭，一個鬈髮青年側臉看着歐尼斯特。

「啊——」歐尼斯特嚇得跳了起來，隨後他很是生氣，「萊斯利，你躲在這裏幹什麼？你要嚇死我呀？」

「你讓我來的，你以為我喜歡到你這裏來嗎？」萊斯利毫不示弱地說，「我剛才在睡覺，都被你吵醒了——」

沙發不是靠牆的，而是擺在房間中央位置，對着窗戶，背對着大門這邊，沙發又大，所以看不到有人在那裏休息。

「找我來幹什麼呀？德里克死了，大家都回家了，我這兩天也能在家裏休息，又把我叫來……」萊斯利繼續抱怨着，此時他站了起來，有些好奇地看着我們。

「大偵探在這裏呢，你規矩些。」歐尼斯特臉色有些尷尬，隨後他看着南森，「他就是萊斯利，老實說他是我老婆最小的弟弟，從小就被寵壞了……」

「我都和警察說過了，換道具匕首的不是我，是達倫，我就是個跟班的，再說我和德里克又沒有吵架，德里克說自己的演出服上的口袋脱線了，讓達倫補上，達倫拿去補了，給了德里克後，德里克發現根本就沒有補，他倆才吵架的。」萊斯利繼續大聲地說，他根本就不在乎歐尼斯特的提醒，「我早就不想在這裏幹了，每天就是弄那些假寶劍、假頭髮、假衣服，太沒意思了……」

「松鼠……那邊有松鼠……」南森似乎沒有在聽萊斯利的抱怨，而是直直地看着窗外。

窗外，大樹上，一隻松鼠站在樹枝上，嘴裏咀嚼着什麼，南森的目光聚焦在了松鼠身上。海倫他們聽到南森喃喃自語，也都看着那隻松鼠，不過那就是一隻普通的松鼠，大家沒看出有什麼異樣。

「南森先生。」奧斯頓小心地說，他身邊的南森還是直直地看着外面。

「萊斯利——」南森忽然指着萊斯利，「待在這個屋子裏，哪都不要去。」

說完，南森對大家做了一個手勢，讓大家跟上他。南森順着走廊來到劇院的後門，走了出去。

大家全都不知道南森到底發現了什麼，只能跟着他。南森向着劇院後院最左面的那棵大樹走去，走到距離大樹不到五米的地方，停下腳步，隨後抬頭看着那棵大樹，那是一棵大橡樹。

旁邊一棵稍微矮小的樹的樹杈上，就是那隻被關注的松鼠，松鼠好奇地看着下面的人，但是南森此時已經不再關注牠了。

「歐尼斯特先生剛才被萊斯利嚇了一跳……剛才在這裏，第一隻松鼠也被嚇了一跳。」南森抬頭看着樹杈那裏，在哪裏，巨大的橡樹主幹分出了近十根粗幼不等的分枝。

「博士，你説什麼？」海倫走到南森身邊，看着大樹，不解地問。

「本傑明，你爬到樹上去，就到分叉那裏，你會有發現，千萬小心，不要掉下來。」南森看看身邊的本傑明，然後看看海倫，「我們在樹下準備，萬一本傑明受到驚嚇掉下來，我們能接住他。」

「有那麼危險？不就是爬到樹上去嗎？」本傑明滿不在乎地説，隨後走到樹下。

爬這樣一棵樹，對於一個會魔法的人來説非常輕鬆，本傑明輕而易舉地就爬到了樹上，隨後很輕鬆地就站在樹杈上，不過他低頭一看，叫了一聲，連忙抓住一根樹杈，他渾身開始顫抖。

樹杈中央，有一個半米的圓形樹洞，就像是在樹杈上向下開了一口井一樣，樹洞裏有很多的鋸末一樣的樹屑，半張慘白的臉從樹屑裏露了出來，臉上的眼睛是閉着的，這是一張死人的臉。

「博士——博士——有個死人呀——」本傑明說，他努力地恢復着平靜，畢竟他是魔法偵探，見過各種淒慘的案發現場。

「先拍照，然後把人拉出來。」南森面無表情地說。

奧斯頓、海倫、派恩全都吃驚地看着本傑明，保羅圍着樹跑，同時向裏面發射着探測信號。跟來的歐尼斯特嚇得想跑回去，但是這個時刻，身為劇院總經理的他不能因為膽小而躲避，他硬着頭皮站在那裏，其實他也很想知道那個死者是誰。

本傑明用手機對着樹洞拍了十幾張照片，隨後蹲下身子，開始清理那些樹屑，樹屑很好清理，都是塞在裏面的，用來覆蓋死者，不過這些天有風，樹屑被吹走一些，所以死者的頭露了出來。根據對樹洞壁的觀察，本傑明告訴樹下的南森，樹洞不是天然的，是被挖開的，而開挖這樣一個樹洞採用的辦法不是機械，應該是用了魔法。

本傑明清理一些樹屑出來，能抓住死者的胳膊了，死者是被豎着放進去的，也就是一直是站立地塞進樹洞的。本傑明使用法術，雙手用力，把死者提了起來，在眾人驚異的目光中，本傑明把那人先是拉起來，隨後往下放，海倫和派恩接住了死者，隨後放到了地面上。

「他、他、他……是……」歐尼斯特哆哆嗦嗦地指着死者，張口結舌的。

「道具師達倫，沒錯吧？」南森接過話說。

「對，就是達倫。」歐尼斯特連連點頭，「我還以為他跑了，他、他怎麼死了？」

「他沒有跑，他是被魔怪暗害的，然後把德里克的死嫁禍給達倫，讓別人以為達倫是畏罪潛逃。」南森冷笑起來，「這是魔怪全部策劃好的。」

達倫躺在地上，奧斯頓俯下身子，看了看達倫，隨後用手摸摸達倫的脖子。保羅也走到達倫身邊，開始掃描達倫。

「脖子是被扭斷的，當場斃命。奧斯頓抬頭看了看南森，「大力士有這個能力，魔怪也可以，這對他們來說很簡單。」

「達倫，達倫——」萊斯利慌慌張張地從後門跑來，看着死去的達倫，滿臉驚恐，「怎麼死了？他不是跑了嗎？」

「讓你在房間裏待着，怎麼跑出來了？」南森有些不快地看着萊斯利。

「我、我從窗戶看到了呀，這是達倫，我是他的助理呀，他對我不錯，我兩天不上班他也不說我……」萊斯利激動地說。

「那你就待在這裏，跟着我們。」南森說着轉頭看看歐尼斯特，「今天在劇院裏的人不多吧？」

「不多，還有燈光師，他在燈光控制室。」歐尼斯特說，他的眼一直盯着保羅，保羅雙眼中射出光，掃描着達倫。

「現在的發現，我們會通知警方，你們千萬不要四處說發現了達倫，否則會干擾案件的偵破。」南森的表情很是陰鬱，「作案的魔怪還沒有抓到。」

保羅已經掃描完畢，他收起了光束，隨後把南森叫到一邊。

「博士，達倫的脖子有極微量的魔怪痕跡，這就是魔怪作案，它用手扭斷了達倫的脖子，當場斃命。」保羅說，「他被塞在直徑兩米多的大樹裏，魔怪痕跡太微小，被樹幹遮蔽住了，所以剛才我對着樹林探測，沒有發現魔怪痕跡。」

「什麼類型的魔怪？」南森問道。

「痕跡太少，測不出來。」

「老伙計，你隨時留意周圍，如果有魔怪出現，立即報告。」南森的語氣比較沉重，「儘管現在是白天，也不得不防。」

「是。」保羅説，「我的魔怪預警系統是開機狀態，只要有魔怪接近，八百到一千米距離內我會立即收到信號。」

「好。」南森用力點着頭，隨後，他把奧斯頓拉過來，「老奧斯頓，你現在找個房間，叫燈光師和這個萊斯利跟着你，哪裏都不要去，保護好他們。」

奧斯頓帶着有些恍惚的萊斯利走了，剩下歐尼斯特，顫巍巍地看着南森。

「本傑明、保羅，你們搜索整個樹林，看看有沒有別的魔怪痕跡。海倫、派恩，你們和我搜索劇院內部，任何角落都不能放過。」南森比劃着説，「歐尼斯特先生，你來領路，我判斷有個魔怪在你們這個劇院不止一天了，而且他熟悉你們這裏的情況。」

「我、我要回家……」歐尼斯特都有點站不住了，「我害怕魔怪，死了兩個人了，德里克和達倫，我不想死呀……」

「魔怪現在不在劇院，否則早就發現了。」南森拍了拍歐尼斯特的肩膀，「我們是魔法師，我們會保護你的。」

「你們可要抓住它呀。」歐尼斯特的眉頭深深地皺着，説話的聲音也是顫巍巍的，「怎麼會這樣？怎麼真的有魔怪？」

「盡可能地找到其他痕跡，這很重要。」南森拉了拉歐尼斯特的手臂，「走吧，現在去搜索整個劇院。」

第四章　二樓包廂

歐尼斯特被南森他們拉着回到了劇院裏，南森問劇院有沒有地下室、暗室或者秘道，這些都是利於魔怪藏身的地方，歐尼斯特說劇院沒有這樣的地方，南森又問劇院這些年有沒有奇怪的事發生，例如無人房間裏傳出聲響，夜晚有虛幻的影像走動。歐尼斯特越聽越怕，但是表示沒有發生過這樣的事情。

南森站在劇院後的走廊上，看着那些房間，沉默了片刻。

「開始全面檢測，不放過每個角落。」南森回頭看看海倫和派恩，「魔怪一定還有別的痕跡留在這裏。」

海倫和派恩用幽靈雷達開始了檢測，他們先從那些房間開始，歐尼斯特有每個房間的鑰匙，他打開房門，海倫和本傑明進去檢測，一個小時後，所有的房間被檢測完畢。

這時，本傑明和保羅回來了，他們已經對整個樹林，或者說是劇院的後院進行了檢測，沒有再發現別的魔怪痕跡。

「現在要對舞台進行檢測，然後是觀眾席。」南森對本傑明和保羅說，「你們來得正好，一起參與，這個劇院裏，一定還有問題……」

小助手全部都來到舞台上，開始檢測，舞台下有個升降梯，有時演員會通過升降梯出現在舞台上，派恩還特意鑽到了舞台下的升降梯，探測這魔怪痕跡。

南森站在舞台上，看着觀眾席，此時的觀眾席一片燈光，這是奧斯頓讓燈光師把燈都打開，便於進行檢測，歐尼斯特此時也顧不得什麼省電了，劇院裏有魔怪，這讓他非常崩潰。

「……南森先生，你可要抓到那個魔怪呀，它、它會不會跟着我到我家去？」歐尼斯特在南森身邊，非常可憐地哀求着，「我看我還是搬到你的酒店去住吧，睡在地上也可以，這個魔怪好像很恨我們劇院裏的人呀，達倫被它殺了，德里克一定也是被它利用女主角的手殺的……」

「歐尼斯特先生……」南森的手指向二樓最右側的包廂，「燈不是全都開了嗎？為什麼那個包廂裏的燈沒開？」

「啊？」歐尼斯特看了看那個包廂，「噢，那裏的電線斷了好幾次，總是修不好，反正每次包廂的票都不會全部賣出去，也就不修電線了，空在那裏，那個包廂的位置也不好，在最邊上……」

「電線斷了好幾次？怎麼斷的？」南森疑惑地問。

「就是斷了呀，讓人修了幾次，修好又斷了……」

「電線怎麼會斷好幾次？」南森看看歐尼斯特，「這就是異常情況呀，還說沒有異常情況？」

「這……」歐尼斯特語塞了，他用力抓了抓腦袋。

「老伙計，先去那裏，檢測最右邊那個包廂。」南森對幾米外的保羅說道，此時的保羅已經站在舞台上，對着觀眾席掃描了，他們對舞台的檢測也沒有什麼結果。

保羅快速向觀眾席進出口衝去，來到前廳後，他跑上樓梯，進入了那個包廂。南森緊緊地跟在後面，等他進去後，保羅已經開始掃描檢測包廂了。

包廂裏沒有燈光，保羅雙眼射出的掃描射線非常明顯，保羅此時對着包廂裏的座椅掃描檢測，兩束白光在椅背上反覆掃描。

「有魔怪痕跡。」保羅忽然有些激動地說，「博士，椅背上，還要椅墊上都有，片狀的，痕跡很少，少到不這樣貼近掃描根本就檢測不出來……」

「繼續檢測，收集全面證據，分析是什麼樣的魔怪。」南森很冷靜地叮囑道。

保羅點點頭，繼續掃描，沒一會，他眼中的兩道光束離開了椅子，開始掃描包廂的其他地方。

這時，本傑明和派恩站在了舞台上，隨後，海倫也走到舞台上。

「博士——舞台這裏沒有結果——」本傑明對着二樓的南森喊道。

「搜索觀眾席，不放過每一張座椅——」南森指着樓下的觀眾席，喊道。

保羅已經檢測完這個包廂了，隨後轉向另外一個包廂。一樓的觀眾席，海倫他們也一排排地檢測着座椅。半個小時後，一樓觀眾席和二樓包廂都檢測完畢。海倫他們沒有找到什麼，保羅則只在最右邊這間包廂找到了魔怪痕跡。

南森叫大家匯集在二樓發現痕跡的包廂，他用海倫的幽靈雷達，貼着座椅表面進行檢測，幽靈雷達的紅色柱狀線微微地跳動着，警示燈也忽明忽暗。

「魔怪是坐在座椅上留下痕跡的，椅背和椅墊上都有，而且應該不止一次，它多次坐在這裏，痕跡的反應面

積較大。」保羅站在一邊，分析着。

「魔怪坐在這裏看戲嗎？」本傑明問，「它還有這個愛好？」

「不管怎麼樣，反正劇院裏發現魔怪痕跡了。」派恩說，「外面有，裏面也有，劇院裏有魔怪。」

「可是魔怪在哪裏呢？」海倫緊皺眉頭，「外出了嗎？所以我們搜索不到。可是要是它在劇院裏，應該有個藏身的地方，我們會發現大量的魔怪痕跡，不應該是這個包廂呀，座椅上有痕跡只能説明它多次在這裏看戲。」

「老伙計，魔怪類型分析出來了吧？」南森忽然問。

「應該是個幽靈。」保羅説，「椅背上的魔怪反應小，但面積大，大概能檢測出來它的類型。」

「好。」南森説着站了起來，向樓下看了看，想了想什麼，「前廳是空的，進來的時候老伙計掃描過，就是説整個劇院我們檢測完畢了，劇院外的那棵樹，還有就是這裏……在劇院裏和外面的樹林隱蔽放置幽靈雷達，這裏繼續封閉，我們可以回去了……」

南森要回去疏理整個案情，歐尼斯特和萊斯利受到了驚嚇，一定要跟着南森。南森告訴他們，離開這個劇院回到家裏，不會有任何事情發生，魔怪的活動就在這個劇院，而且如果魔怪有意傷害他倆，不用等到現在，應該早就動手了。歐尼斯特和萊斯利總算是恢復了些許平靜，不過南森告訴他倆和那個燈光師，今天的發現，不能說出去，因為那個魔怪還不知道自己的計謀被識破，如果發現被識破，那就有可能立即遠走高飛。

歐尼斯特他們走了，奧斯頓給警方打了電話，警方知道這裏發生的是魔怪案件，案件交給了南森偵辦，他們派人拉走了德里克的屍體。南森他們測試了兩台秘密設置的幽靈雷達，只要魔怪接近這裏，保羅會在第一時間收到信號。

離開劇院，南森他們回到了酒店，因為不是魔法偵探，奧斯頓沒有跟南森他們回去，有下一步的行動，他這邊會全力支持。回到酒店後，南森就拿出紙筆，認真地疏理起案情。海倫也拿了一張紙，一起在那裏寫着她所記下的關鍵點。

「要是有魔怪信號傳過來，馬上要説呀。」本傑明走到站在窗台上的保羅身邊，有些不放心地叮囑道。

「當然，一定會立即通知你們。」保羅略有點不耐煩，「我説本傑明，你和派恩隱藏的幽靈雷達很隱蔽嗎？」

「我那個綁在樹幹上，被樹葉遮蓋着。」本傑明連忙説，「派恩那個放在劇院的舞台下，都很隱蔽的。」

「知道了。」保羅説，他看看本傑明，「嗨，我説，不要那麼緊張，大白天的，魔怪不會出來。」

「本傑明，你還不如住在劇院裏，魔怪來了你就抓。」派恩在一邊説。

「又插話，又插話。」本傑明指着派恩，「去，寫要點，像海倫那樣。」

這時，南森拿着一張紙，站了起來。本傑明和派恩立即都看着南森，沒有了爭執。保羅從窗台上跳了下來。

「博士，我也整理了一遍。」海倫放下筆，很有心得地説。

「來吧，把整個案情先疏理一遍，有助於我們展開接下來的偵破行動。」南森走到沙發那裏，把小助手們都召集到了身邊。

第五章　重新開演

本傑明和派恩認真地看着南森，海倫看着自己整理的關鍵點，坐到了沙發這邊，她似乎還在確認着什麼。保羅跳到沙發旁的桌子上，豎着耳朵，他還要隨時接收劇院那邊傳來的信號。

「整個案件看起來是被魔怪操縱的，老伙計測試出來，這個魔怪類型大概是幽靈。」南森先是看看那張紙，隨後環視着大家說道，「一次普通的演出中，女演員殺害了男演員，按照劇情，她要用匕首去刺男演員，但匕首被換成了真的，非常鋒利，關鍵是刀刃上塗抹了劇毒氰化物，很明顯，真正的兇手一定要這個男演員死去，因為僅僅是刺傷男演員手指，根本就不致命，從警方報告看，他其實是瞬間死於氰化物中毒。現在看來，這個兇手其實就是魔怪，它換掉了道具匕首，並利用達倫和德里克爭吵這一點，造成是達倫換掉匕首殺人並畏罪潛逃的假象。魔怪這樣做的本意就是不想暴露，如果魔怪親自殺害男演員，有極大可能被發現是魔怪作案，從而被追蹤。」

「博士，你已經排列出案發的時序了，不過我還覺得，達倫和德里克爭執這點也比較可疑，這件事有可能也是魔怪使用的計謀，目的是一切看起來就像是達倫洩憤殺人。」海倫拿着自己整理的案件關鍵點的那張紙，説道。

「海倫説的這點很重要，完全有可能。」南森讚許地看看海倫，「這點成立，更可以説明魔怪精心策劃了整個案件，不過，它沒有想到的是，被它殺害的達倫被我們發現了，它策劃案件費的心機全都沒用了。這一點真的要感謝那隻松鼠，當時，兩隻松鼠追逐時，那隻先跑到樹杈的松鼠看到了受害者的頭，松鼠被嚇壞了，出於驚恐牠從樹杈上直接跳下來而不是沿着樹幹爬下，當時我還看到地上有木屑，現在看這些木屑就是魔怪挖樹洞後先留下，把達倫塞進去後填回去的，它想把達倫完全覆蓋住，但是這兩天風大，木屑被吹開很多，達倫的頭露出來，所以才嚇到松鼠。」

「博士，魔怪把達倫塞到自己挖的樹洞裏，不怕樹因為挖洞而死亡嗎？那樣可能要移走枯木，達倫也就被發現了。」本傑明提出了一個問題。

「我來回答。」保羅搶着説，「要是細小的樹木，從分叉的地方向下垂直挖洞，樹可能會死，但是那棵樹直徑有兩米，挖一個直徑不到半米的樹洞，也沒有挖到根部，還填塞了那麼多木屑，樹不會死，用不了一年，挖洞的地方就會長出木頭，也就是説達倫會被永久地封在裏面。」

「這手段太毒辣了。」本傑明恍然大悟，「那個劇院老闆也説了，演員們很少到後面的樹林裏去，我想即便是去了，也不會知道樹洞裏藏着達倫呢，達倫就這樣永久地消失了，這比把他殺了後埋在地裏隱蔽多了。」

「埋到地裏會被發現土層被挖過，很容易暴露。」南森接過話，「魔怪把達倫殺害後運走可能會被看到，所以就近藏在挖開的樹洞裏了。」

小助手們紛紛點着頭，同意南森的這些推斷，理出案件的時序，的確讓大家更加明確整個案件的過程。

「案件基本就是這樣，具體細節只能是抓獲魔怪後才能得知。」南森想了想，隨後拿起那張紙看了看，「接下來，就是劇院裏的發現，二樓右側包廂座椅有魔怪痕跡，包廂燈的線路多次被切斷，不過這點並沒有引起歐尼斯特的注意，因為那個位置的票總是賣不出去，他索性不管那裏了。」

「魔怪所為，它切斷了電線，防止燈光照射，燈光不是陽光，但是也是光，魔怪不喜歡光照。」派恩説道，

「可是它在包廂裏幹什麼？難道是看戲嗎？魔怪為什麼要看戲？」

「應該就是想在那裏看戲，而且不是一、兩場這麼簡單。」南森說着站了起來，停頓了一下，來回踱了兩步，「從遺留在椅背上的魔怪痕跡看，痕跡不多，所以遠距離根本就檢測不出魔怪反應，但是那麼大的面積遺留，不是短時間內能留存的，一定是很長時間坐在那個座位上。注意，魔怪坐在那裏，一定是採用隱身方式，否則就算變化成人坐在那裏也會被劇院工作人員注意，因為那是沒有賣出票的座位。」

「這個我知道，可是它為什麼看戲？」派恩依舊是一臉迷惑，「它是個戲劇迷嗎？還是它準備找一班魔怪也排練這樣一齣戲？」

「魔怪拍戲？」本傑明揮着手臂，一臉嘲弄的樣子，「派恩，你的想像力可真豐富。」

「嗯，派恩的想像力確實豐富……目前這個情況，是偵破這個案件的重點。」南森在一邊緩緩地說。

「看到沒有，是案件的重點。」派恩得意洋洋地對本傑明晃晃腦袋，隨後轉向了南森，「什麼情況，什麼重點？」

「魔怪看戲這個情況，它多次坐進包廂，它的目的就是看演出，魔怪痕跡也是最近幾個月內累計留下的，否則早就自行消失了。」南森進一步說，「所以說它對這個劇目非常感興趣，看上去每次演出它都會去看。」

「啊？它真的是個戲迷呀？」派恩瞪大眼睛，「這樣的魔怪可太少見了。」

「也許有什麼原因。」南森説着向窗外看了看，「另外，後台它一定也去過，德里克應該是在更衣室遭遇到了魔怪，但確實沒看清，才給魔法師聯合會打了電話，但他還沒有去詳談，就被魔怪利用女演員的手殺害了。」

「殺人滅口，它害怕德里克和魔法師聯合會的人詳談，魔法師聯合會可能因此派人來檢查，所以它借女演員把德里克殺了。」海倫說。

「對，就是這樣的。」南森點了點頭。

「博士，這個魔怪，不會一直住在劇院裏的吧？」本傑明問，「因為劇院是個很老的建築，可是我們在劇院裏找到的魔怪痕跡只有那張椅子。」

「應該是外面來的，被《秋日》這齣戲吸引來的。」南森看看本傑明，「不過劇院周圍也沒有墓地或廢棄的老屋，也許是從更遠一些的地方來的，諾丁漢這個城市很古老，盎格魯撒克遜時代，也就是公元五世紀就有人居住了。」

「博士，我們基本疏理出了整個案件的時序了，也找到了一些證據。」海倫走到南森的身後，問道，「那麼下一步該怎麼辦呢？擴大搜索範圍？諾丁漢這裏一定是有個魔怪。」

「具體説是個幽靈。」保羅補充地説。

「這個……」南森轉過身子，再次坐下，並且把那張紙拿起來，耐心地看着。

房間裏安靜極了，大家都看着南森，南森在那裏，若有所思地點着頭，像是有了什麼打算。

「那個歐尼斯特不是總想着再次開演嗎？」南森沉默了一會，忽然説道，「那就聽歐尼斯特的，重新開演這個舞台劇。」

大家聽到南森的話，都有些吃驚，互相看了看。不過還是海倫最先反應了過來，她握了握拳頭。

「博士，你的意思是用重演的這個辦法，把那個魔怪給引出來嗎？」

「對，既然它這麼喜歡看這齣戲，那就讓它來看。」南森讚許地點着頭，「我判斷它來到劇院的目的，就是看

《秋日》這齣戲的，這應該是它的唯一目的。它精心策劃的謀殺案，也是為了不暴露自己，這樣警方會去找那個不可能找到的達倫，因為一切都是達倫做的，這就是一宗簡單的刑事案件，所以舞台劇會重新上演，魔怪就能再次來到劇院，坐進那個永遠沒有燈光直射的包廂裏看戲了。」

「太好了，太好了。」派恩在一邊聽得很是興奮，「馬上就重演，快點把魔怪給引出來，它要是還來到這個劇院，看它怎麼跑……」

「過程，這需要一個過程，馬上就重演會讓魔怪起疑心，畢竟主要角色死了一個，找到一個新的演員也要時間，還要排練。」南森擺了擺手，「另外，真正售票，讓觀眾進到劇院裏來，魔怪同時也趕來，那麼抓捕過程中有極大可能危害到觀眾的安全，這是我們要考慮的一點。」

「噢，確實是這樣。」派恩點着頭，連忙說。

「考慮問題顧此失彼，這是你的老毛病。」本傑明教訓地對派恩說。

「看你說話的口氣，博士都不這樣說我……」派恩立即反駁起來，他有些生氣地瞪着本傑明。

「好了，好了。」海倫連忙打斷他倆，「聽博士的部署，不要聽你們吵架，抓到這個魔怪，給你們安排時間，好好吵。」

本傑明和派恩互相看看，都閉嘴了。南森很是感激地看看海倫，小助手之間的爭執是他一直頭疼的事。

「博士，你是說我們來掌控這個重演的情況，確保在安全的情況下抓到魔怪。」海倫的思路很是清晰，她轉身問道。

「是的。」南森點點頭，「要確保安全，還要把魔怪吸引過來，讓它坐到那個座位上去，劇院是個封閉空間，抓住它的可能性最大。」

南森說着，若有所思地看了看小助手們，一個完整的計劃，已經在他心中形成。

第六章　演員海倫

《諾丁漢記事報》等當地主要報紙，對格雷劇院謀殺案有連續的跟蹤報道，警方正在追蹤道具師達倫，劇院和劇團正在恢復平靜，《秋日》一劇仍要繼續演出，當然，扮演威爾森的演員進行了更換，扮演女主角的演員受了刺激，也要進行一段時間的心理康復。目前，兩個角色都找來了新的演員，正在積極排練，投入角色之中。一周後，更換了角色的《秋日》一劇，將進行內部觀摩演出，觀眾都是業內人士，其中不少是從倫敦和伯明翰等城市請到的劇作家和劇評家，將會對新演員進行指導，劇目本身也做了一些小小調整，這樣進行幾場內部演出後，《秋日》一劇就要正式對外售票演出。

接下來，報紙又報道了《秋日》一劇內部觀摩的時間，是一個周五的下午，一點半開始。因為沒有對外售票，所以沒有普通觀眾前來。

觀摩演出的日子很快到來，這天下午一點多，一些車輛就停在了格雷劇院旁邊，車上陸陸續續下來不少人，從一些人的外表看，就能看出他們藝術家的特質，他們的穿衣打扮，在普通人羣中，是比較搶眼的。

所有的「業內人士」，其實都是假扮的，他們的確來自倫敦或伯明翰，但是他們不是劇評家，也不是劇作家，他們都是魔法師，他們將坐在觀眾席上，把包廂裏的魔怪和舞台上的演員隔開。即便是演員，桃莉絲的扮演者也已經換成了海倫，她畫着很濃的妝，掩蓋住她極年輕的臉，因為劇中人桃莉絲可是一個二十多歲的女性，和海倫的年齡相差不少。劇中人威爾森，則由歐尼斯特妻子的弟弟，也就是道具師助理萊斯利扮演，南森盡量把知道這個「重演」是計謀的情況控制在小範圍內，參加演出的只有幾個人，一切看起來不要露出破綻即可。

保羅在劇院的樓頂上，他的魔怪預警系統覆蓋了周圍將近一公里的距離，只要魔怪出現，他就能立即察覺。本傑明悄悄守在大門那裏，派恩則守在劇院的後門。

魔法師們扮演的業內人士陸續坐在了觀眾席上，他們大概二十個人，包括諾丁漢本地的四名魔法師，奧斯頓先生也在他們當中。南森在舞台後，他挑開厚厚的幕布，看了看二樓最右邊的包廂。

「我可不是魔法師，我、我走路很不自然，老實說我現在就很不自然……」萊斯利坐在後台的一個箱子上，很是慌張地對海倫說，「你們必須保護好我。」

「還有我。」歐尼斯特在一邊說，他也被安排了一個角色。魔怪可能晚到，魔怪到的時候，舞台上要煞有介事地在演出。

「不要緊張，舞台這裏距離包廂有幾十米距離，中間有二十名魔法師，舞台上還有我和南森博士，你們怕什麼？」海倫讓歐尼斯特和萊斯利平靜下來，「你們是非常安全的。」

「道理我明白，可是我就是……」萊斯利說着握了握拳頭，「哎，不怕了，為了達倫，我翹班在家玩遊戲，他總是幫我隱瞞過去……」

「你好幾次不來，都是在家玩遊戲嗎？你不是生病了嗎？」歐尼斯特在一邊叫了起來，「萊斯利，你在騙薪水，你總是這樣……」

「歐尼斯特，聽着，我才不想在你這個劇團幹呢，要不是看在我姐姐的面子上，我早就去倫敦發展了，現在已經是超級電競達人了……」萊斯利指着歐尼斯特，毫不退讓地說。

「噢，萊斯利，我們真是拿你沒辦法。」歐尼斯特很

是無奈，但是很生氣，「你都快三十歲了，還是那麼不切實際。」

海倫不再去理會兩個人，他倆在一起可沒少起爭執。海倫盤算着魔怪何時能到，報紙和電視台都按照計劃把「重演」的消息傳遞了出去，魔怪應該能得到——只要它在這座城市或城市附近。根據南森的推斷，這個魔怪對這個劇目非常感興趣，可以說是「忠實觀眾」，那麼重新上演，哪怕只是內部觀摩演出，它都會來，普通觀眾進不來，它可是能輕易地就隱身進來的。

南森在舞台的幕布後，幕布有兩道，第一道打開了，南森在拉着的第二道幕布後，他看了看錶，他在等待着。其實大家都在等待，只有保羅發出魔怪靠近的報告，戲劇才會「上演」。觀眾席上的那些魔法師，大都暗藏着幽靈雷達，等待着魔怪坐到二樓的包廂裏。

樓頂上，保羅警覺地站在那裏，風有些大，吹動他的毛髮。保羅望着天空，天空多雲陰暗，不見太陽，選擇陰天是保證魔怪前來，烈日當頭下魔怪要是距離很遠，很難過來，因為魔怪懼怕陽光，這個難得的時間段是他們專門找了氣象局後確定的，下午四點後，陽光就會猛烈起來。他們也可以選擇晚上或周末演出，可是這是觀摩演出，不是售票的商業演出，所以時間選擇在工作日的下午更像是真的，南森要確保魔怪不對這次「演出」產生任何懷疑。

此時，一點半剛過，按照報紙透露的資訊，是開演的時間。保羅在樓頂上走了幾步，忽然，他的魔怪預警系統捕捉到一個信號，這個信號徑直向劇院這邊飄來，越來越近，越來越強烈。

「博士，它來了，現在距離劇院七百米，它的速度很快。」劇院裏，南森的對講耳機傳來了保羅興奮的聲音。

「大家準備——」南森撥開舞台的幕布，對着觀眾席上的魔法師們喊道。

觀眾席上的魔法師們立即都坐好，並且進入角色，儘管舞台上還沒有演員。

「你們準備上場，它就要到了。」南森轉身走到海倫和萊斯利身邊，指示道。

「啊——」萊斯利有些慌了，「它要來了？」

「起來，不要露出破綻，不要驚慌，我可是魔法師。」海倫上去拍了拍萊斯利，「我就在你身邊呢，我們可以找魔法師來演威爾森，可是他們都沒有學過表演，萬一出了破綻可能被魔怪看出來，你可是一直在劇組裏，非常熟悉這齣戲，你就背好你那些台詞就行。」

「你也不是演員，可是你還要演女主角……」萊斯利站起來，有些慌亂地說。

「我說過了，我在學校裏演過話劇，而且這場戲我的台詞不多。」海倫拉着萊斯利走到了舞台左側位置，站好。

歐尼斯特連忙也站在左側位置，他也很是緊張。

「本傑明，做好準備，它在急速靠近……」南森使用對講耳機指揮着，「派恩，魔怪就要進來了，你不要緊張……」

南森猛地一揮手，頓時舞台上的燈光驟亮，海倫挽着萊斯利的手，從舞台左側走上舞台中央，海倫回過頭去，看着不用走上舞台的歐尼斯特。

「好了，父親，我和威爾森出去走走。」海倫大聲地說。

「孩子，晚飯前回來——」歐尼斯特也大聲地說，說完，他如釋重負。

「噢，威爾森，你看我們還是去康威百貨吧，我不是很喜歡斯普林百貨的布置。」海倫笑着對萊斯利扮演的威爾森說。

「好的，你說去哪裏，我們就去哪裏。」萊斯利點着頭説。

「噢，威爾森，你真是什麼都聽我的……」

「那當然……這算什麼，我還要結束我在巴黎的生意，在維也納的生意，我要搬到諾丁漢來，為了你，我要永遠守候在你身邊……」萊斯利開始幾句台詞還有些僵硬，後面就變得很好了，似乎進入了角色。

樓頂上的保羅，已經清晰地探測到，一個隱身魔怪從窗戶飛進了劇院裏，他立即通知了南森。南森拿着一個幽靈雷達，他還在幕布後，隔着幕布，就是在對話的海倫和萊斯利。南森已經探測出來，魔怪飛進了二樓的包廂裏，二樓一整層都沒有人，現在只有那個魔怪。

南森小心地拉開一點點幕布，從縫隙中向包廂看過去，魔怪是隱身的，所以最右邊的包廂看上去是空的，但是幽靈雷達顯示，那個位置有極為強烈的魔怪反應，紅色柱狀線已經滿格。

「魔怪已經坐下，本傑明，派恩，你們把守好前後門……」南森用對講耳機通知道。

「……最近我手上還有一些工作，都比較棘手，相信我，桃莉絲，處理完這些事，我馬上就可以永遠在你身邊……」萊斯利扮演的威爾森揮動着手臂，信誓旦旦地對海倫扮演的桃莉絲說。

劇院的前後門，已經被本傑明和派恩關上，觀眾席上，魔法師們也都知道背後的包廂裏，魔怪已經坐進去了。南森用手碰了下耳機。

「好了，海倫，可以了。」

舞台中央的海倫忽然扭頭，看着舞台的左邊。

「啊，威爾森，你看那邊，好像是我的爸爸來找我們了。」

海倫的這句話，其實是一個行動信號。這時，南森從舞台左邊走了上來，他一上來，立即轉身看着包廂那裏，忽然，南森向那邊縱身一躍。

「顯形粉——」

南森大喊一聲，在空中向包廂裏拋出顯形粉。

第七章　附體移位術

顯形粉撲向包廂，瞬間就把魔怪包裹住，隨即，一個人形的幽靈出現在座位上，它的相貌年輕，臉色蒼白，它穿着一身白衣，從外貌看，就是一個年輕的男子，但是從它微微散發着的熒光、深目和白面來看，則明顯不是人類。幽靈被突然出現的一系列動作驚呆了，它原本就是在看戲的。就在它顯出原形後，頭頂上的兩盞燈忽然亮了，直直地照射在它身上，燈已經被修好了，就是為了聚焦這個幽靈用的。

觀眾席上，魔法師們全部站立起來，其中幾個魔法師立即向外跑去，他們是去建立一個大包圍圈，謹防魔怪脱逃。其餘幾個魔法師在奧斯頓的帶領下，縱身飛上了二樓，對幽靈形成了一個小包圍圈，樓下還有幾個魔法師站在原地，隔離幽靈，謹防幽靈竄上舞台傷害到萊斯利他們。

南森落在了顯身後的幽靈身前不到三米的地方，幽靈一開始還用手臂擋着射下來的強烈光束，看到南森落下來，它雙眼射出兇光，它當然知道自己中了埋伏。

「啊——」幽靈大喊一聲，對着南森就是一掌，它的手掌是戳向南森的，它的手指有着長長尖尖的指甲，閃動着寒光。

南森連忙閃身，同時用手去撥開幽靈的手掌，他發現幽靈的臂力很大，幽靈沒有戳到南森，手又被撥開，不過另一隻手臂橫着掃向南森。

南森一低頭，這時奧斯頓飛身衝到幽靈左側，對着幽靈就是一掌，幽靈只顧攻擊南森，沒有躲開，被奧斯頓重重地擊中。

幽靈掙扎着要起身，南森衝上來，一把就按住了它，幽靈力氣很大，幾乎擺脫了南森，奧斯頓又衝過來，一掌打在幽靈的脖子上，幽靈慘叫一聲，繼續掙扎着。奧斯頓幫助南森壓制着幽靈，他倆各自抓着幽靈的一邊胳膊，幽靈瘋狂地扭動着身軀，忽然，它放棄了抵抗，頭垂下去，不再掙扎了。

「我聽你們的，你們厲害，饒了我吧……」幽靈開始求饒了。

此時，有兩個魔法師也過來幫忙。聽到幽靈求饒，南森和奧斯頓都略有放鬆，突然，幽靈怪叫一聲，猛地大力

扭動身子，隨後不見了身影，它趁着南森和奧斯頓的稍微鬆懈，掙脱束縛，隱形逃走。

「嗨——」舞台前，傳來海倫的吶喊聲，南森轉身看去，只見舞台那裏，海倫對着「空氣」出拳猛擊，隨後，空氣中浮現出幽靈的身影。幽靈從南森這裏隱身脱逃，但是被一直監視着的海倫用幽靈雷達盯住，並且截住。

萊斯利和歐尼斯特本來在海倫身邊，被海倫保護，看到海倫和突然出現的幽靈搏殺，嚇得連忙跑到一邊，躲藏起來。

幽靈連連向海倫出手，海倫不慌不忙地應對，這時，觀眾席上負責隔離幽靈的三個魔法師也衝了過來，對着幽靈就連連出拳。

幽靈高高躍起，升到半空中，隨後一揮手，「唰唰唰——」，十多枝小小的，散發着白光的箭頭射向了魔法師們，海倫他們連忙躲避。幽靈飛到空中，隨後用手抓住了舞台上方的一塊幕布，隨即又向衝過來的南森和奧斯頓等魔法師射出十幾枝箭頭。

這時，躲在一輛道具汽車後看打鬥的萊斯利突然衝出來，他跑到舞台左側，猛地去拉一根繩子。「嘩——」的一聲，幽靈抓着的幕布直直地落下來，幕布垂下展開，一幅「遠山」的風景背景打開，幽靈根本不知道這是一幅懸掛着的幕布風景圖，跟着掉了下來，重重地摔在了舞台地板上。

「威爾森——好——」海倫對萊斯利大聲誇讚，劇場裏的情況，萊斯利當然比誰都熟悉，「快隱藏好——」

「我叫萊斯利——」萊斯利糾正着海倫，威爾森可是劇中人的名字，萊斯利又跑到道具汽車後，歐尼斯特也躲在那裏。

「可以呀，萊斯利。」歐尼斯特很是驚喜地對萊斯利說。

「你們一直小看我，我生下來就是做大事的人，被你和我姐姐拉到這裏當個小小的助理……」萊斯利抱怨起來。

那邊，三個魔法師對着掉在舞台上的幽靈展開攻擊，海倫拿着幽靈雷達，對着幽靈，如果它再想隱身逃走，無論怎麼隱身，幽靈雷達都能跟蹤到魔怪反應。

舞台上又跳上來幾個魔法師，將幽靈團團圍住，南森和奧斯頓也跳上舞台，幽靈此時面對眾多魔法師的攻擊，根本不是對手，很快就被打倒，兩個魔法師上前按住它，南森已經叮囑過，盡最大可能抓活的，詢問出整個謀殺案

的來龍去脈。

幽靈再次被按住，有個魔法師掏出一根捆妖繩，把幽靈牢牢地捆住，幽靈這次真的不掙扎了，看到幽靈被抓，組成大包圍圈的魔法師也跑到舞台這裏，看那個被抓的幽靈。

「幽靈被抓，幽靈被抓——」海倫用對講耳機通知本傑明等人，「包圍圈解除——」

樓頂上的保羅聽到解除包圍圈的通知後，興奮地轉身向樓下跑，本傑明和派恩也都從前、後門向舞台這裏趕來。

舞台上，眾人圍着幽靈，兩個魔法師把幽靈扶起來，讓它坐在地上，南森在一邊打量着幽靈。幽靈一言不發，低着頭。

「魔怪什麼樣？我還沒見過真的魔怪呢……」萊斯利很是激動，他用力往人羣裏擠，「別擋着我呀，讓我看看……」

「我也要看看。」歐尼斯特跟在萊斯利身後，這時，保羅也跟着往裏擠。

「我說，不要擠呀。」一個魔法師被萊斯利推到一邊，很是不高興地說。

「啊，看見了，這個笨蛋就是幽靈呀，和人差不多嘛。」萊斯利終於擠到了人羣裏，看到了幽靈，此時的舞台上亂哄哄的。

幽靈忽然抬頭看了看萊斯利，萊斯利看到幽靈那深凹的眼睛，嚇了一跳，不過他立即想起了什麼，伸手就猛打幽靈。

「殺了達倫，殺了德里克，我要報仇——」

「打——打——」歐尼斯特也衝上去，對着幽靈猛打，「殺了我的演員，害得我賣座的戲停演——」

萊斯利邊喊邊打，兩個魔法師把萊斯利和歐尼斯特拉住，歐尼斯特還想上去打，這時，萊斯利轉身向外走去。

「喂，萊斯利，一起打它呀，它殺了達倫，我們劇團少賺很多錢——」歐尼斯特回頭喊道。

「我去打個電話。」萊斯利說着向外擠。

這時，派恩從後門走來，得知魔怪被抓，他也沒急着趕來看，他知道，那麼多魔法師圍住一個魔怪，一定能抓住它，派恩先是把幽靈雷達關機，隨後慢慢地向後台走去，他先是上了後台，然後挑開後面的幕布，派恩聽到了舞台上吵鬧的聲音。

萊斯利迎面走來，撞了派恩一下，派恩被撞一下，很不高興。

「走路看着點呀……」派恩説道，忽然，他發現萊斯利有什麼不對，但是又説不上來，只見萊斯利眼窩深陷，頭也不回，也不道歉，徑直向後門走去。

派恩轉身去追，萊斯利突然加快腳步，向後門跑去。與此同時，舞台上，被捆着坐在地上的幽靈忽然倒地，大家一驚，本傑明還想去拉起它來，不過倒地後的幽靈立即就消失了，地上，只剩下一根捆妖繩。

大家都嚇了一跳，南森猛地意識到什麼，他連忙向舞台後跑去。

「萊斯利——萊斯利——」

萊斯利已經走到了後門，派恩緊跟在他身後，萊斯利突然停下，就在派恩快要追上他的時候，猛地站在了後門那裏，派恩猛地衝上去，撞在萊斯利身上，萊斯利被撞倒，派恩也後退兩步，差點摔倒。

「哎呀——」萊斯利叫了一聲，他連忙站起來，「啊，我怎麼在這裏？」

南森跟了上來，他推開萊斯利，猛衝出門，遠方，一道白光飛速向樹林方向劃過，轉眼就消失得無影無蹤。

「老伙計——攻擊——」南森立即對跟着他趕來的

保羅說。

保羅躬起身子，後背上的追妖導彈發射架隨即彈出，他略微晃動身子瞄準方向，但是隨即抬起頭。

「博士，目標飛出有效攻擊範圍了。」

「太快了，太快了。」南森搖着頭說，「它真是狡猾……」

魔法師們跟着趕到，奧斯頓趕到後，看到了保羅彈出的追妖導彈發射架，似乎明白了一切，但還是謹慎地求證。

「它使用了……附體移位術？」奧斯頓小心地問，「附體萊斯利跑掉了？」

「是的，看來這是它的絕招，很隱蔽，我們都沒有發現。」南森看看大家，海倫、本傑明和派恩似乎不是很明白剛才到底發生了什麼，「剛才，我們一羣魔法師圍着幽靈，它也沒辦法，因為它根本就不能附體到魔法師的身體裏，魔法師對它有極大的抗力，但是這時萊斯利跑來打它，手觸碰到了它，它立即借機鑽進萊斯利的身體，控制了萊斯利，假意說打電話，溜了出去，隨後從萊斯利的身體裏飛出，最終逃跑了……當時現場有些混亂，我也大意了，我沒注意幽靈雷達，被幽靈抓住了機會，它非常狡猾。」

「博士，剛才我看萊斯利就有點不對，低着頭，臉色慘白，樣子還是萊斯利，但是神態很不自然。」派恩連忙說。

「那你攔住它呀。」本傑明沒好氣地喊道。

「我去追了，但是沒追上呀。」派恩此時也很是懊悔，還很是自責。

「不能怪派恩，事發太突然。」南森看看本傑明，「我們都大意了。」

「嗨，到底發生了什麼事？」萊斯利的聲音從後面傳來，「我怎麼會在這裏？」

「別喊了。」歐尼斯特拉了拉萊斯利，「和我們有關，都怪你剛才去打那個幽靈，我也跟着打了兩下……」

「幽靈？什麼幽靈？」萊斯利叫了起來，「嗨，你們這都是怎麼了？你們在這裏幹什麼……」

「給他喝一點急救水。」南森轉身向劇院裏走去，看到萊斯利，隨後看看海倫，「被幽靈附體過就是這樣神志不清，喝了急救水也要一天才能恢復過來……」

幽靈跑了，追不回來了。大家都垂頭喪氣的，南森叫那些魔法師們先回去，他籌劃的這一個計劃因為一個小意外，失敗了。為了抓住幽靈，媒體方面的配合，劇院這邊的合作，魔法師們的調派，整個布局，耗費了大量人力物力，但是最終幽靈還是逃走了。

劇院裏空蕩蕩的，萊斯利被歐尼斯特送回家休養，奧斯頓也回去了。整個劇院裏，只有南森和幾個小助手。

南森在劇院的後門，向幽靈逃走的方向望着，已經有好幾分鐘了。小助手們則在通向後台的台階上，派恩坐在那裏，本傑明站在台階上。

「喂，我說那個什麼天下第一超級什麼無敵……派恩。」本傑明碰了碰無精打采的派恩，「現在我們該怎麼辦？」

「你問我？」派恩看了看本傑明，顯得很是無奈，「你要是不說，我差點忘了這個名號，是天下第一超級無敵魔幻小神探。」

「是什麼無所謂，你不是號稱天下第一嗎？所以我問你該怎麼辦？幽靈可是就這麼跑了。」本傑明說。

「我……我有什麼辦法？」派恩攤攤手，「它溜得可真快，往北方去了，誰知道去了哪裏，哎，該怎麼辦呀？」

「它也許已經逃出諾丁漢了，哎，那移動速度確實快……」保羅的語氣裏充滿了惋惜，他很是遺憾剛才追妖導彈沒有發射出去。

「老保羅，附體移位術，這是很難掌握的魔法吧？」海倫在一邊問，她一直在想着辦法，但是想不到下一步該怎麼進行，只能對現有的問題和疑點進行思考。

「比較難掌握，使用不好，被附體的人會有排斥反應，但是當時萊斯利一點異常都沒有，說明幽靈運用嫻熟，關鍵是瞞過了那麼多魔法師的眼睛，而且抓住了時機。」保羅的語氣有些懊惱，「不過要是萊斯利不衝上去打它，它也沒機會附體萊斯利，借着萊斯利跑掉。」

「哎，看它的攻擊能力嘛，不算很高超，但是有這樣一招，哎……」海倫長吁短歎起來。

這時，南森從後門那裏走了過來，看到幾個小助手都垂頭喪氣地或站或坐，南森不禁微微一笑。

「都這麼無精打采的呀，這可不像你們平日活力四射的樣子呀。」

「我們也不想呀，可是眼看抓到的幽靈給跑了，而且不知道跑到哪裏去了……」本傑明說，忽然，他看看南森，兩眼射出光來，「博士，你不會又有什麼發現了吧？有線索嗎？」

「發現一定會有，但是要等我們去耐心探索。」南森笑着說，「在這裏像個洩氣的皮球，這可不行。」

「啊？」海倫叫了起來，「博士，你真有發現？就這麼一會……」

「我們是魔法偵探，就是要去探索，去發現的。」南森認真地說，「大家不用這樣，沒什麼，破案過程中遇到各種情況，非常正常，不可能每件事都一帆風順的。就這個案件來說，幽靈確實逃走了，但是它留下的東西一定還有，要我們去深挖，最起碼的一點，幽靈事先不知道有埋伏，來之前不會耍花樣，它從北面過來，那就說明它的老巢就在北面，看看，我們已經知道它老巢的方向了。」

「說是這樣說，可是去哪裏找它的老巢呢？北方也僅僅是個方向呀。」本傑明比剛才要精神一些了，但話語裏還是充滿疑惑。

「繼續找線索，線索就在這個劇院裏，完備的線索，能拼貼出幽靈的具體方向，也是我們下一步行動的方向。」南森很是果決地說道，「現在，我們再去收集線索，繼續疏理案件。」

第八章　懷舊

説着，南森走上台階，走向舞台，小助手們連忙跟在他身後，南森這樣説了以後，幾個小助手信心忽然恢復過來，他們不是很明確進一步的行動步驟，但是對再次找到作案的幽靈，動力非常足。

因為是近距離接觸了幽靈，南森讓保羅去分析這個幽靈具體的類型，剛才幽靈又在包廂裏坐過，南森拿着幽靈雷達，去探測幽靈釋放的魔怪反應。隨後，南森來到樓頂上，沿着幽靈前來的方向，向遠處眺望着。

保羅和任何魔怪作戰，不論是否能抓獲，身體裏的探測系統都會自動找取魔怪資訊。他很快就分析出結果，經過分析，幽靈的類型其實是一個怨靈，也就是滿懷怨恨而死、死後怨恨不散的幽靈，這個幽靈的魔力水準並不一定非常高超，但是大都掌握類似附體移位術這種特殊的招數。

南森讓保羅列印出劇院北部五十公里內的詳盡地圖，重點是那些墓地、廢棄古老建築以及密林河谷。保羅説他剛才在樓頂看過北部的情況，劇院本身就在諾丁漢市的東北部，再向北很快就進入了大片的田野。

「這個劇院本身不是幽靈藏身的地方，在劇院外，它一定有個巢穴，被我們在劇院裏伏擊，不代表它自己的巢穴被發現，這點我們清楚，它也知道，所以它不會遠走高飛，還是會回到自己的巢穴去。」南森拿着保羅列印的地圖說，「它是從北面來的，逃走方向也是北面，它的巢穴就在城市的北面。」

「這點可以確定。」本傑明說，「可是諾丁漢市的北面也很大，墓地和廢棄老建築加起來有很多，很難找呀。」

「我們可以把範圍先縮小一些，這個格雷劇院是個小劇院，可不是倫敦西區的那些著名的大劇院，上演的劇目也沒那麼著名，《秋日》的上演，只有本地和附近觀眾才知道。」南森認真地分析道，「所以逃走的幽靈離我們不會很遠。」

「把那些魔法師都叫回來，我們一起去地毯式搜索。」派恩不假思索地說，「這樣也用不了多長時間的，能找到它……」

「它已經受到了驚嚇，如果我們大規模出去找，被它察覺，那就真有可能遠走高飛了。」南森搖着頭說，「所以我們的搜索也要盡可能做到悄無聲息。」

「噢，我明白了。」派恩信服地點着頭說道。

「現在的問題是，方向我們有了，但是範圍還是太大，要是能再縮小範圍……」南森此時是一副深思的樣子，他環視着小助手們，「從現有的線索上，我們能不能找一找，再挖掘一下。」

「博士，我要整理一下思路，我覺得……有可能，幽靈遺留的資訊不少了。」海倫認真地說，她也是一副深思的樣子。

「很好，就在這個劇院裏，我們儘快解決這個問題。」南森說着看看四下，「我要再去四處走走，看看能有什麼思路……你們也各自思考一下。」

大家散開，派恩直接向後門走去，他走出了後門，本傑明連忙上前幾步，拉住了派恩。

「嗨，我說，你去哪？」

「我沿着幽靈逃走的方向去找呀。」派恩說，「我又不是跑出去玩，我是去找幽靈。」

「很笨的辦法，你一路走下去就能找到嗎？就算你走出一百公里，幽靈可不會按照你的路線藏身，稍微偏差了幾百米，你就錯過了。」本傑明着急地説，他覺得派恩很是欠考慮。

「那你有什麼辦法嗎？」派恩問道，不過總算是停下了腳步。

「我……」本傑明想了想，「我在考慮之中，會有辦法的。」

「和沒説一樣。」派恩説着邁步前行，「我是一個行動派……」

「派恩，馬上就要去吃飯了。」本傑明連忙説。

「噢，你這麼一説，我還真是有點餓了。」派恩立即轉回身子，「吃好飯再去，我用幽靈雷達就能把它搜出來，誰也逃不過我天下第一超級無敵魔幻小神探的搜索。」

「拜託，我只是不想你走遠了，博士讓我去找你。」本傑明説着和派恩再次走進劇院，「嗨，剛才呀，你要是能在這道門擋住幽靈，現在也不會……」

「你們去哪裏了？」保羅從一旁的走廊轉過來，「到處找你們，正要給你們打電話呢。」

「老保羅，找我們幹什麼？」本傑明説，「你該去找那個幽靈。」

「找你們談論一下幽靈的行蹤呀。」保羅搖着尾巴說，「這是博士給我們的任務。」

「我們正在忙這件事，為了這件事派恩剛才要『離家出走』……」本傑明説着看看派恩，很是有些不屑地說，「我剛把他找回來。」

「他要是不拉着我，現在我已經抓到魔怪了。」派恩很是針對地回應道，隨後他又看看保羅，「老保羅，博士呢？海倫呢？」

「海倫跑到了更衣室，就是德里克說看見魔怪的那個房間，我剛才也跟着去了，海倫就在裏面轉來轉去的，還說我打攪了她的思路。」保羅比劃了一下，「好像有什麼發現一樣。」

「那裏嗎？不可能，那裏怎麼會有發現？」派恩連連擺着手，「她的方向不對，那裏我想過，德里克根本就沒看見魔怪的樣子，只看見一件撐起來的衣服，我們還都看見了魔怪的樣子呢，那個萊斯利還揍了它幾下呢。」

「喂——你們快來——」海倫的喊聲忽然從更衣室那裏傳出來。

「噢，海倫好像有什麼事，在更衣室能發現什麼嗎？」本傑明説着看看派恩，「我和你的看法一致呀，那裏似乎不會有什麼發現的。」

「是呀，我是對的，你跟着我，也就對了，不要在沒可能的地方下功夫……」派恩立即接過話。

「和你的看法一致，怎麼會？你就會誇誇其談。」本傑明似乎有些愁容，「居然和你的看法一樣，我是不是要檢討一下思路了……」

「走啦，走啦，看看海倫發現了什麼。」保羅在一邊催促道。

他們連忙向更衣室走去，前面，南森也匆匆趕來，大家一起進去，看到海倫站在後排衣架那裏，一臉的興奮。

「你們快來，看我發現了什麼。」海倫手裏拿着一件衣服，那是一件古代的貴族服裝，當然，是件道具服。

「你未來的婚紗？」派恩有些嘲弄地說。

「派恩，天下第一亂說話。」海倫有些生氣地看着派恩，「有這樣的婚紗嗎？」

「開個玩笑，開個玩笑。」派恩連連說。

「這是那天本傑明要穿的道具服，還問我像不像是一個伯爵。」海倫提醒着大家，「保羅還走過來檢測了一下衣服，當時說似乎有魔怪反應，但是檢測後說沒有。」

「噢，我記得，是這件衣服。」本傑明想了起來，連

這件道具服跟幽靈
有什麼關係呢？

忙說，「有什麼問題嗎？」

「我們可以假設，德里克突然看到的那件立起來的衣服，就是這件。注意，這不是毫無根據的假設，奧斯頓先生提到德里克在電話裏說看見一件古裝豎立起來，似乎有隱身人在穿衣。」海倫說着又抖了抖衣服，「保羅當時說他的儀器可能過於敏感，才探測出這件衣服有魔怪反應。但是有沒有一種可能，就是幽靈隱身穿了一下這件衣服，被德里克撞見後逃走，衣服上的確遺留下了魔怪痕跡，但是時間過了一天，痕跡極輕微並在消散中，結果似有似無地觸動了保羅的魔怪預警系統，但是具體檢測又沒有檢測出來，保羅，你說呢？」

「這個……」保羅晃了晃頭，「有可能的，痕跡極輕微，到了可以忽略不計的程度，有時候我的系統也會反應一下。」

「好，這樣假設就成立。」海倫略激動地說，「那麼下一步，為什麼這裏這麼多衣服，那個魔怪偏要試穿這一件？」

「這件……」派恩看着那件道具服，「好看？好像還有更好看的。」

「這個先放一邊，我們再來討論另外一個問題。」

海倫繼續說，「今天這個幽靈，魔力水準不算高，但是會『附體移位術』這個很厲害的魔法，所以綜合魔力算是高的。」

「說下去。」南森用鼓勵的目光看看海倫。

「我們都知道，幽靈形成的時間短，也就是說幽靈是一、兩百年前的死者轉化的，魔力水準不可能高，而五、六百年前的死者轉化的幽靈，水準就會高很多，千年幽靈更厲害。」海倫先是點點頭，隨後繼續認真地說，「根據今天我們所見這個幽靈的魔法水準，我能推斷出它的轉化時間大概在五百年上下。」

「那又怎樣？」派恩疑惑地問。

「歐尼斯特說過，我手上這件服裝，是另外一齣戲的道具服，這齣戲的背景時間是公元16世紀，剛好距離現在有五百年左右，那麼我可以這樣推斷，為什麼幽靈唯獨穿這件衣服，那是因為這個幽靈在懷舊，它在懷念舊日時光，所以它隱身試衣。」

「有……這個可能。」本傑明想了想，「可是……舊時光，怎麼了？」

「海倫，你的思路很好。」南森在一邊誇讚起來，顯然，他明瞭海倫的意思。

「謝謝。」海倫看着本傑明和派恩，「你們再仔細看看，這是一件古代貴族穿的衣服，也許是個公爵，也許是個侯爵，這不重要，重要的是公爵和侯爵這些貴族都住在什麼地方？派恩，你説古代貴族會住在什麼地方？」

「嗯，當然是……」派恩抓抓頭，「城堡裏呀。」

「我明白了——」本傑明忽然叫了起來，讚許地看着海倫。

「你們都明白了？」派恩着急地看着大家，甚至有點緊張起來。

「是的，我也明白了。」保羅説着跳了兩步，「海倫給我們指出了方向。」

「城堡，就是城堡。」海倫比劃着説，「從劇院出發，向北，出了城市，地圖上顯示，有墓地，有河谷，有森林，也有古舊城堡，而且古舊城堡有很多座，這都是適合魔怪藏身的地方。現在我們的範圍縮小了，如果這是一個比較懷舊的幽靈，那麼它最可能的隱身處，就是古舊的城堡，尤其是16世紀左右的，住在那裏，那裏可能像它曾經的家，甚至根本就是它以前的家。」

「啊呀——」派恩終於是恍然大悟了，他握着拳頭，「我明白了，其實剛才我就明白了，只是有點不太明白。」

「噢，這算是什麼話？」本傑明無奈地攤着手。

「一個成熟的魔法師的推理思路，海倫掌握得很好。」南森的臉上充滿了笑容，他的語氣裏也有一些感慨，「海倫，今後要繼續努力，今天你的推理解決了很大問題。」

「我會的。」海倫用力點點頭，不過她還是很謙遜，「不過這只是我的推論。」

「方向完全正確。」南森的語氣堅定，他看看保羅，「按照這個方向，我們要去查一查，現在我們的搜索範圍可是小多了，老伙計，你查查城市北面五十公里範圍內，有多少個老舊的城堡，尤其是16世紀左右的。」

「好的，馬上就開始。」保羅説着開始利用自身的資料庫開始搜索起來，他的資料庫存儲極其龐大，每月都定期更新。

「海倫，可以呀。」本傑明走到海倫身邊，很是佩服地説，「如果沒有派恩拉低了我們偵探所的整體智商，我們真的是天下第一偵探所了……」

「本傑明，你説什麼呢？我都聽見了。」派恩在一邊，帶着怒氣説。

「我小點聲，下次不讓你聽見。」本傑明聳聳肩。

「好了——」保羅抬起頭，看着南森。

從保羅的後背，列印出一張紙，南森連忙伸手拿了過來。

「向北五十公里範圍內，古代的城堡有五座，兩座是古堡博物館，有管理人員，有遊客，不會有魔怪藏身。另外三座隱沒在荒野中，魔怪最有可能藏身那裏，東北十公里比爾德沃斯鎮外有一座，西北三十公里方向帕恩伯格鎮外有一座，正北近五十公里的沃克索普鎮外也有一座，前兩座都是16世紀左右的古堡，最後那座是11世紀的古堡。」

「老伙計，檢查自身裝備。」南森鄭重地看着大家，「海倫，校準我們手上的幽靈雷達，本傑明、派恩，你的任務，去附近看看有沒有餐館，我們簡單吃點東西，然後就出發，由近及遠，一個一個查。」

第九章　發現一條地道

大家分頭行動，保羅把追妖導彈發射架打開兩次，設備狀態良好，隨時能投入實戰，海倫也很快檢驗了幽靈雷達，確保一會搜索城堡的時候不出任何故障。隨後，他們跟着找餐館回來的派恩，在劇院附近吃了飯，南森這次是開車來的，他去住的酒店取了車，載上小助手們，向城外開去。

他們出發的時間是三點多，天氣預報很是準確，天空此時已經不那麼陰暗了，太陽似乎很快就要出來了。大家的心情也高漲，鎖定的目標有三處，這就大大縮小了搜索範圍。汽車很快就開出了諾丁漢市，進入了郊野，他們行駛在一條公路上，公路兩側全都是草地，有些牛羊在草場地跑着。

「那邊，那邊是個城堡吧？」汽車開出城後，派恩就一直向外張望着，他把車窗玻璃打開了大半，「老保羅，你給查一下。」

「不用查，那是一個觀光古堡。」保羅坐在後排的本傑明和派恩的中間位置上，他表現得倒是比較沉穩，「這一片地區很早就有人類活動，歷史遺跡多，你說的那個城堡遊客來來往往，魔怪才不藏在那裏呢，安靜才適合它們隱藏。」

「一會要是檢測出那個幽靈，你們在周邊，我一個人進去就把它揪出來。」派恩很是有底氣地說，「它那點魔法，我能對付，什麼附體移位術，這次沒有非魔法師在，看它怎麼附體……」

「哎，不自誇，你這一天就算是沒有過，對嗎？」本傑明在一邊歎了一口氣，他一直看着他那一側的窗外。

「不是自誇，我是覺得我能打敗它。」派恩說着緊握拳頭，「不相信？那就等着看吧。」

汽車飛速前行，此時已經是下午四點了，陰雲散去，太陽出來了。郊野的風光很美，但是大家都沒有欣賞風景的心情。前方，隱約出現了一個小鎮。

「第一個目標，比爾德沃斯鎮的城堡就要到了。」保羅提醒大家說，「繞過這個鎮，向東三公里就是。」

「我們要把車停在城堡多遠呢？」海倫問駕駛着汽車的南森，「那個魔怪可是都見過我們的。」

「起碼要停在一公里外的距離。」南森開車繞過小鎮，「如果沒有樹林，我們就隱身接近。」

前方，出現了一大片的林地，從樹梢上，可以看見一座城堡高高的、有些殘破的塔樓。南森找了一個出口，把車開了下去，隨後停在了樹林旁。

「這片樹林穿出去就是城堡，樹林和城堡間有六百多米的空地。」南森看着方向盤旁的導航儀說，「我們下車。」

大家都下了車，保羅對着城堡的方向發射了幾道探測射線，不過沒有收到任何魔怪反應的回饋。

南森第一個走進樹林，小助手們連忙跟上，樹林裏光線不足，他們小心地穿行在樹林中，兩隻飛鳥忽然從叢林中起飛，大家都立即停下腳步。這是被他們行走驚動的，南森看看大家，讓大家小心，盡量不發出聲響。隨後，他們繼續前行，走了三百多米，前面就是樹林的盡頭了。

在一棵大樹後，南森停下腳步，從樹後望去，前方，在一片荒野草地上，矗立着一座高大的古堡，古堡有四面牆，已經塌了兩面，高高的塔樓突兀地矗立着，塔樓上的垛口也是殘破的。

「16世紀一個伯爵的城堡，17世紀伯爵的後代離開了這裏，從此就被荒廢了。」保羅在一邊說，「《英格

蘭古堡》一書中就是這樣介紹的，這本書也在我的資訊庫內。」

「沒有魔怪反應？」南森看看保羅。

「沒有。」保羅說，「這個古堡已經在我的搜索範圍內了。」

「沒有進入幽靈雷達的搜索範圍。」海倫說。

「隱身過去，到古堡裏去看看。」南森說，「如果它在某個方面魔力高超，完全可以隱去大部分的魔鬼反應。另外，厚厚的城牆也有對探測信號的遮蔽效果。」

「看不見我的身也看不見我的形。」派恩已經唸出了魔法口訣，「唰」的一下，他就隱身不見了。

大家各自隱身，隨後都走出了樹林，他們開始穿越長着高草的草地，陽光此時斜射在古堡上，把古堡照得金黃。他們加快步伐，很快就來到了古堡前。

古堡年久失修，但是並不雜亂，其實這裏已經被清理過，有危險的牆都被重新加固過，當然，裏面早就沒有了那些家具，只有外面的牆和內部的建築柱石。南森他們知道，魔怪在這種古堡中居住，一般都在地下室等不見光的地方，古堡的高層建築裏，窗戶都已經損壞，陽光能直射進來，魔怪不會藏身於此的。

面對南森他們的古堡外圍牆已經坍塌，露出一大段豁口，南森和小助手們從這裏進了古堡，進去後，他們來到一個空曠的大廳，似乎是從前這裏的伯爵舉辦宴會的地方。

「找到進入地下層的進出口。」南森站在一根柱子旁，看着四周，説道。

海倫和本傑明向前走去，保羅和派恩則左右分開，他們一起在找下層的出入口，很快，派恩就向大家招手，示意自己找到了。大家圍聚過去，只見一個巨大的窗戶下，出現了一段向下的樓梯。下面黑乎乎的，那裏陽光是照不進去的，也不可能有燈。

南森揮揮手，隨後第一個走了下去。海倫他們跟上，海倫手中的幽靈雷達對着下面探測着，幽靈雷達拿在她手上，此時也是隱形的。南森下到樓梯下，開啟了夜視眼，小助手們也跟着開始用夜視眼觀察景物，黑暗中他們能看清一切。

地下層也很大，裏面也很破敗，有很多殘牆，但是比較整潔，因為裏面除了磚石，空無一物。地下層也有一些房間，海倫和本傑明用手裏的幽靈雷達直接照射那些房間，沒有任何魔怪反應。

「博士，連一點魔怪痕跡都沒有。」保羅走到南森身邊，説道，「魔怪如果發現了我們，可以隱去自身反應，但是長時間在這裏生活，魔怪痕跡不可能都抹去。」

「解除隱身吧。」南森平靜地説，長期保持隱身是很耗費魔法能量的。

大家一一恢復了原身，南森點亮了一枚亮光球，把地下一層照得很亮。以前古堡的地下建築，一般是用來儲物的，不會有人居住。

「這裏沒有魔怪，不過正好可以熟悉一下古堡地下層的環境，同一個時期的古堡地下層設計都大同小異。」南森指着四周説。

小助手們立即在地下層裏走來走去的，看着裏面的情況。本傑明忽然發現了一側的牆壁有個方形的通道口，裏面黑乎乎的。

「這是什麼？」本傑明走過去，在通道口看了看，隨後走了進去，「亮光球——」

通道裏什麼都看不清，所以本傑明點亮了一枚亮光球，亮光球懸浮在他的頭頂，這個通道的高度僅僅比本傑明高一些，如果是個高個子的成年人，在裏面行走要彎着腰。這就是一個簡單的通道，四周都是牆壁。本傑明向前走了大概有十多米，前面出現了一面牆，通道被堵死了。

「什麼都沒有。」派恩跟了進來，看到堵死的牆，很是失望地說。

「走吧。」本傑明轉身向回走去。

兩個人出了通道，南森和海倫就在通道口站着。

「是一條地道。」南森看到本傑明出來，説道，「一般這種古堡都會有這樣一條地道，甚至有兩條，方便古堡在被圍攻的時候，古堡裏的主人撤離。」

「是的，是一條地道。」本傑明點了點頭，「不過向外延伸了十多米就被封死了，兩側的牆和封住秘道的牆明顯不一樣，封住的牆應該是近現代的磚石。」

「嗯，秘道早就失去了使用的功能，很多都會被封死。」南森説，隨後讚許地看着本傑明，「本傑明，觀察得很仔細。」

本傑明很高興，他故意看了看派恩，派恩把頭一扭，不去看本傑明。

「那個幽靈不在這裏，我們現在趕去下一個古堡，爭取在天黑之前把三個古堡都看了。」南森説着看了看外面，陽光斜射，此時已經臨近傍晚了。

第十章　兩塊木板

他們從古堡裏出來，原路返回，上了汽車。南森把車向西北方向的帕恩伯格鎮開去，第二個古堡在這個鎮南面兩公里處，矗立在一片草地中，周圍有大片的樹林。

汽車飛駛上公路，大家都期盼着能在帕恩伯格鎮有所發現，海倫對自己剛才的推斷很有信心，本傑明也堅信這三個古堡裏一定有一所是幽靈藏身的地方，只有派恩，似乎出現了一點懷疑的想法，本傑明也懶得和派恩爭執，他盤算着要是發現幽靈，應該怎樣包抄擒拿，確保萬無一失。

南森已經把汽車從公路上開了下去，來到一條小路上，小路的兩側都是樹林。南森一邊開一邊看着導航儀，從導航儀上看，帕恩伯格的古堡就在路的北側。

「可以了，停車後穿過樹林就是古堡了。」保羅自身也有一套導航系統，「前方二十米處停車，我們能在最短距離接近古堡。」

南森把車慢慢停下，大家下了車。這條小路極為安靜，除了南森他們再無任何車輛和行人。因為小路兩側的樹木都很高大、繁茂，所以在路邊一點也看不見古堡。

大家進入了樹林，向北走去，走在這片樹林裏，感覺和剛才那個樹林一樣，都是非常昏暗。保羅走在最前面，忽然，他放慢了腳步。

「我感覺……這個古堡裏幽靈存在的可能性有40%以上。」距離古堡還有近八百米遠，也有茂密的樹木作遮掩，但保羅的聲音還是不大，「這是我最新統計的結果。」

「哦，可能性不算高呀。」本傑明說，「那剛才呢？」

「剛才我沒統計。」保羅說着跳過一根斷枝，「我只是對這座古堡有了點……感覺，沒錯，在這裏抓到幽靈的概率是存在的。」

「40%，不高呀。」派恩在後面，言語中有些有氣無力。

「以上，40%以上。」保羅強調說，「總之，都打起精神來，尤其是你，派恩，幽靈沒有那麼好抓的，不是你想它在哪裏就在哪裏的。」

「是海倫，海倫想幽靈在古堡裏的，不是我想的。」

派恩回嘴道。

「小點聲，要出樹林了。」海倫提醒着大家。

前面，林木間的空隙已經很大了，鋪滿傍晚餘暉的草地，從林木間已經清晰可見了。大家連忙加快步伐，來到了樹林邊緣。

一座高大的古堡豎立在前方不到三百米的地方，這座古堡相比剛才那座，完整情況要好很多，面對大家的城牆沒有一點坍塌，高聳的塔樓垛口一個個的也毫無損傷。從樹林這邊看去，大家發現古堡的兩邊也是樹林，這是一座完全被樹林包圍的古堡。

「怎麼樣？」南森站在一棵樹後，看看身邊的保羅，「有沒有魔怪反應？」

「沒有。」保羅搖了搖頭，「儘管在我的搜索範圍內，但是你們看那厚厚的城牆，我的探測信號被阻隔了大部分。」

「好，和剛才一樣，我們隱身過去。」南森對幾個小助手說。

大家各唸隱身口訣，一個個的身影消失在樹林裏，隱身的人互相可以看得見，南森第一個邁步走出了樹林，小助手們連連跟上，一起向古堡進發。

古堡的牆被陽光照射成金黃色，南森看着牆，找着入口，他們其實也可以穿牆進去，但是要耗費魔力。南森走到城牆前，看看塔樓，隨後揮揮手，帶着小助手走向塔樓一邊，他們一轉身，來到了城牆的另一邊，這邊的城牆面對着東面，果然，前面十多米，出現了古堡的出入口。

古堡的門洞敞開，原有的木質大門不知道哪個世紀被拆走了。南森他們從門洞進入了城堡，進去後裏面是一片空地，左側有一處建築，連接着城堡的外牆，建築上也有一個門洞，這個門洞倒是有些破敗，旁邊的窗框也坍塌了，從外面看過去，裏面黑壓壓的。

南森揮了揮手，大家跟着他一起走進了建築裏。海倫手持着幽靈雷達，對着各處進行着掃描，試圖找到魔怪反應。

保羅向前衝了幾步，隨後站好，身體開始轉圈，在他旋轉的時候，已經把探測信號向四面八方發射出去。不過他隨後站定，在昏暗中看了看南森，隨後搖了搖頭，表示沒有任何發現。

南森他們又向前走了一會，穿過一條走廊，發現前面的空間更大，他們已經走到了古堡內部的主體建築裏，這裏和剛進門的地方不一樣，這裏有很多窗戶，由於古堡裏窗戶都是敞開的，根本就沒有窗框和玻璃，外面的陽光射進來，倒是比較明亮。這個像是古堡中心的大廳裏空蕩蕩的，地面上有些碎磚石，除此之外倒是比較乾淨。

「去裏面。」南森指着前方，「各個房間都看一下，要是沒有發現，我們就去地下層。」

説着，南森看了看樓上，有兩條旋梯通向上層，一條旋梯完全坍塌了，不過不要緊，南森斷定幽靈藏身在上層的機率很小。

本傑明和派恩向前走去，那裏是一條寬寬的走廊，走廊的一頭，鋪着兩條木板，木板上兩端還被壓上了石頭。

「小心點，別踩上去，這裏可能有破損的地方。」本傑明提醒派恩，「外面看這古堡還算完整，裏面坍塌殘破的地方不算少。」

「我知道。」派恩説道，他看了一眼木板，「這麼薄的木板，簡直就是木片，誰放到這裏的……」

他倆繞過木板，向前走去，走廊一側有很多的房間，房門早就沒有了，房間內也是空蕩蕩的，不過他們還是走進去，用幽靈雷達逐間房進行探測。不一會，他們搜索了這一層的所有空房間，連看上去曾經是廚房的地方都搜索了。海倫很快找到了向下的樓梯，他們來到了地下一層，這裏完全不見陽光，保羅用魔怪預警系統掃描了四周，沒有發現魔怪反應。

這個城堡似乎沒有魔怪藏身，派恩非常失望，南森則點亮了一枚亮光球，亮光球把裏面照得通亮，地下層裏，也是有很多房間的。

「每個房間都找一下。」南森下令道。

海倫他們立即各持幽靈雷達向那些房間走去，他們小心地搜索着魔怪反應，南森也在地下層四處看着，找尋着有什麼異常之處。

在房間裏找尋魔怪反應的海倫等人很快就搜索完畢，他們從房間裏走出來，互相看了看，派恩是失望至極。

「去下一個古堡吧。」派恩說着看看保羅，「老保羅，我就覺得40%的可能性不高……」

「40%以上。」保羅強調地說。

「我在那邊發現了一條地道，通向西面，有五十多米長呢，不過盡頭也被封住了，應該也是近代堵住的。」本傑明指着不遠處說，「博士說得沒錯，古堡都有這種地道。」

「只是發現地道，我還以為發現魔怪了呢。」派恩無精打采地說。

「博士呢？」海倫問道，她沒有看到南森，四下瞭望，也沒有看到。

「我在這裏——」南森的聲音傳來，是從一個轉角處傳來的。

海倫他們連忙走過去，地下這層的東北面有一個走廊轉角，海倫他們轉過去，看到南森就站在那裏，抬頭看着什麼。

「博士，我們沒有發現什麼。」海倫也抬頭看着，那是地下一層的天花板。

「知道了。」南森的目光始終在天花板那裏，亮光球的光將那裏照得也很亮，「你們稍等一下。」

海倫有些疑惑，她仔細看上去，南森盯着的地方，是一處坍塌的天花板，坍塌破損處長闊大概都不到一米，並且被木板之類的東西封堵着，這樣老舊的古堡裏，出現這樣一處破損非常正常。

「輕輕的我輕輕地飄……」南森唸出了一句魔法口訣，身體立即飄了起來，他飛了一米多，停了下來，身體懸浮在破損的天花板下面。

「博士，你要幹什麼？」本傑明不解地問。

南森在天花板下，伸手一推破損處，那裏覆蓋的就是

博士發現了什麼？

木板。木板被推開，一束陽光從破損處照射下來，南森再用力，把覆蓋在破損處的另外一塊木板也推開，光束頓時加大了，並強烈地照射下來。

南森的身體繼續向上，他穿過天花板，頭伸到了上一層大廳的走廊，走廊旁邊就是一個巨大的窗戶，陽光就是從這裏射進來，照射在走廊上，破損處如果不被堵住，陽光就會穿過破損處照射到地下層裏。這裏就是剛才本傑明和派恩繞過的地方。

南森又向四周看了看，他發現木板一共有兩塊，一大一小，都很長，也很薄，確切說是兩片長木片更加合適。兩片木片堵在破損處，兩端還都被壓上了石頭。

南森唸了句口訣，下降到了地下一層的地板上。不知為何，他好像有些興奮。

「博士，有什麼發現？」派恩問道，「剛才我們已經檢查過上面了，我們當時繞着走過了那兩塊木板。」

「你們覺得這裏有什麼問題嗎？」南森指了指頭頂上的天花板破損處，問道。

「這裏……壞了？」本傑明緩緩地說。

「當然是壞了，這都看不出來？」派恩很是不屑地說，隨後看了看南森，「問題嗎……有什麼問題？」

「問題很大。」南森説着指了指天花板，「覆蓋這個破洞的木板你們都看到了吧？」

「看到了。」本傑明和派恩一起説。

「非常薄，大概只有半厘米厚。」南森説，「如果是走路時踩到木板，那麼這樣厚的木板，能經得住一個人的體重嗎？」

「一定不行。」派恩説，「這樣薄的木板踩上去就斷了，連人帶木板一起掉下來。」

「所以第一個問題生成了——不是預防人掉落的，那麼把這樣薄的木板擋在那裏幹什麼？」

小助手們互相看了看，一時也不知道答案。

「第二個問題，還是關於這兩塊木板的。」南森繼續説，「這裏是廢棄的古堡，沒有管理員，沒有修繕人員，那麼是誰把這個破洞給覆蓋住？為什麼這個人不去把那坍塌的旋梯修好，哪怕把旋梯坍塌的地方搭建厚木板當做通道。」

海倫他們更加疑惑了，第一個問題他們都沒有想好答案，緊跟上來又一個問題。派恩覺得這兩個問題似乎和他們要解決的魔怪沒有關係，但是南森這樣提出來，又不可能沒有關係。

「其實……」南森看看大家，隨後指了指天花板，「這個廢棄古堡根本不會有人來修繕維護的，天花板上的這個破損，如果不蓋住木板，陽光就會先通過一樓窗戶照射到地面，再從地面的破洞照射進地下一層，誰會懼怕陽光？」

「幽靈！」海倫瞪大眼睛，看着南森。

「沒錯。」南森點點頭，「『維修師』就是幽靈，它用木片蓋住了破洞，木片本身就不是用來遮蓋破洞的，人踩上去會踩斷，但是用來阻擋光線照射進來，足夠了。所以，這座古堡，應該就是幽靈藏身的地方。」

「可是可是……」本傑明着急地説，「我們什麼發現都沒有呀，要是幽靈長期躲在這裏，一定會遺留下什麼魔怪反應的。」

「那是因為我們找得還不夠仔細，或者説，幽靈隱身的地方極為隱秘，我們還沒有發現。」南森説着看看四周，「廢棄的古堡，可不是一座遊樂園，幽靈四處遊玩，四處留下魔怪痕跡，這只是它藏身的地方，而藏身的地方，不用很大，也許就是一個小小的房間，只不過我們還沒有找到而已。」

「博士，你的推斷是對的。」海倫很是贊成地説，

「木片是來遮光的，只有幽靈才害怕光線的直射，它躲在這完全不見光的地下層，當然不希望有光線照射進來。」

「可是幽靈呢？」派恩還是顯得那麼着急，「現在還是白天，幽靈能去哪裏？就算有個密室我們沒有發現，可是幽靈要是在密室裏，我的幽靈雷達也是能發現明顯的魔怪反應的。這麼近的距離，幽靈遺留的痕跡能被牆阻攔，但是它自身的魔怪反應，再厚的牆也阻攔不住。」

「幽靈外出了。」南森平靜地說，「放心，它會回來，這就是它的老巢。」

「找它的密室，找密室。」本傑明激動地說，「就在這一層，不可能在樓上……」

第十一章　本傑明戰術

本傑明看着四周，這裏的房間他們都已經找過，不過他們看的只是表面，要是哪個房間有密室，那還真要仔細地找一找。

「我們守在這裏，那個幽靈會來的，在這之前我們可以找一找它的密室，它的密室裏，一定有魔怪痕跡……老伙計，注意幽靈出現的信號，它隨時會回來……」

「它正在回來。」保羅很是嚴肅地說，「信號很微弱，但是幽靈正在從西面回來，它在緩慢地移動。」

保羅的話像是炸響一樣，大家都是一愣，隨後是無比的興奮。

「隨時報告它的移動情況。」南森立即對保羅說，「現在……我們應該在什麼地方隱蔽抓捕……」

「去二樓，它一進來我們就下樓來，省得它先發現我們。」派恩有些慌亂地說。

「博士，我知道它從哪裏進來。」本傑明語速飛快，難掩激動，「古堡的西面是一大片樹林，樹林和古堡之間有五十多米的空地，現在是傍晚，夕陽鋪灑在整個空地上，幽靈最怕陽光，光束對幽靈來說就是一枝枝利箭，剛好這裏向西的地道也有五十多米，幽靈在樹林裏行走，會有樹枝遮蔽陽光，然後它能穿牆進入被封堵的地道，直達這裏，全程都不見陽光。」

「堵住天花板的破洞，然後開始布防。」南森聽到本傑明的說明後，立即發出指令，「派恩、保羅和我守在地道入口，海倫和本傑明立即到古堡外，隱身躲在地道上方，探測到幽靈進入地道後，本傑明守在地道上方地面上，防止它穿牆出來，海倫隱身跟進去，跟在它後面，注意保持距離，我們這裏截住幽靈後，海倫顯身堵住它的後路，這樣小的空間裏，它插翅難逃。」

事不宜遲，大家立即行動，南森和派恩、保羅守在了地道的入口處。海倫先是飄浮起來用木板又堵住了天花板的破洞，隨後和本傑明拿着幽靈雷達上到古堡的一樓，隨後隱身出了古堡，出去後他倆就直奔古堡的西側，緊緊地靠在城牆下。

海倫的幽靈雷達已經探測到了幽靈信號，一個幽靈就在對面的樹林裏，慢慢地向城堡靠近。地下層的地道入口，派恩和南森各把守住一側，他們緊靠着牆壁，保羅就站在南森的身邊。

幽靈緩緩地移動過來，保羅告訴南森，他已經完全鎖定幽靈，並且探測出來，這個幽靈就是剛才劇院裏逃走的那個幽靈，此時這個幽靈還什麼都不知道，似乎比較悠閒地回來。

幽靈距離古堡越來越近，到了森林邊緣，幽靈果然像本傑明判斷的那樣，穿越地面進入了地下，很快從被封堵的地道盡頭進入了地道。

「走過來了，還有四十米。」保羅用極小的聲音對南森說，「二十秒後它到達我們這裏。」

地面上，海倫和本傑明用幽靈雷達的探測信號鎖定幽靈的行蹤，幽靈進入地道後，海倫看了看本傑明，隨後向前指了指。兩人沿着地道兩側向西飛奔，衝過幽靈所在位置後停下，兩人互相看了看，轉過身子，等幽靈向前走了十多米後，海倫唸穿牆術口訣，穿越地面，來到了地道裏。在暗黑的地道裏，海倫看見了走向入口的幽靈，幽靈在地道裏散發着淡淡的白光，很是明顯，那白光勾勒出了幽靈的身形。

地面上，本傑明手持幽靈雷達，沿着地道的走向小心地走在地道上方，他牢牢地鎖定了幽靈。雖然在地道的土層上行走，但依然躡手躡腳，盡量不發出聲響。

幽靈顯然還不知道發生了什麼，它繼續向入口處走着。南森靠着牆壁，他能感覺到幽靈越來越近了，很快，幽靈散發出來的白光已經散發到入口這裏了。此時，南森早就熄滅了亮光球，以免幽靈發現地下層有光。

南森看看對面的派恩，隨後點了點頭。南森從入口旁的牆壁處閃身而出，同時點亮了一枚亮光球，攔在了幽靈面前，他距離幽靈不到五米。隨後，派恩和保羅出現在南森的身後。

「啊——」幽靈不禁叫了一聲，它用手去遮蔽亮光球發射出來的光，但也看到了南森威嚴的眼神，身體也一抖。

幽林掉頭想跑，它剛轉過身子，就看見海倫出現在自己的身後，它的退路也被堵住了，幽靈更加驚慌了。

「你不要想着跑了，束手就擒吧。」南森説道，「你真的覺得自己還能跑掉？」

「你們——」幽靈後退了一步，它猛地意識到身後還有海倫，於是背靠到牆壁上，雙手伸開，貼着牆壁。

南森向前進了一步，派恩也走進地道，站在南森身邊，這條地道高度接近兩米，成年人站在裏面，倒是不用彎腰。

海倫也向前走了兩步，幽靈被夾在中間，它緊張地看看南森，又看看走近的海倫。幽靈忽然默唸了一句魔法口訣。

「嗖——」的一聲，幽靈的身體騰空而起，它唸的是穿牆術口訣，兩邊的路被堵死，唯有向上穿牆而出。

本傑明就在地面上，他一直跟在幽靈的上方。幽靈雷達上，幽靈的移動一停止，本傑明就意識到南森他們攔截了幽靈。忽然，地面上有個幽靈的頭鑽了出來，本傑明早有準備，衝上去抬腿就是一腳，重重地踢在了幽靈的脖子上，幽靈根本沒有防備，慘叫一聲，掉回了地道裏。

派恩看到幽靈掉在地上，衝上去就是一腳，把幽靈踢得歪倒在一邊。海倫也衝了上來，幽靈掙扎着爬起來，海倫一拳打過來，幽靈連忙閃身，總算是躲過了這次攻擊，不過那邊派恩接着又是一拳，打在了幽靈的後背上，幽靈向前撲倒，隨後翻身而起。

一連串的擊打，幽靈沒有受到致命傷，南森這邊其實未下重手，他們想抓活的。海倫又是一拳打來，幽靈閃過，並猛推海倫，把她推出去好幾米。

幽靈很是狡猾，它背靠着牆壁，這樣就不會遭到來自身後的攻擊，它看到南森和海倫衝了過來，雙手猛地抬起。

「放箭——」

隨着幽靈的魔法口訣，無數枝的短箭雨點般射出，南森和海倫連忙後退並仰面倒地，躲避過了第一波的箭雨。

「懸盾——」南森和海倫同時唸出魔法口訣，無數面手掌大小的盾牌飛出，上下翻飛地迎擋第二波射出的箭雨。

幽靈大吃一驚，他隨後射出的第三波箭雨也被懸盾阻攔，有些箭枝扎在了盾牌上，有些掉在地上。幽靈看到這個招數無效，很是着急，它隨即變招，身體飛速旋轉起來，轉瞬間身體消失，化成了一股白色旋風，猛地衝向海倫，海倫連忙攔阻着這道散發着白色光的旋風，但是幽靈

一閃，從海倫手臂下穿過，向地道盡頭飛去，它明顯是要逃竄。

「無影鋼鐵牆——」南森大喊一聲，雙手一揮。

「噹——啊——」幽靈變化的旋風迎面撞在了南森拋出的無影鋼鐵牆上，發出重重的響聲，旋風被猛地彈回來，隨即掉在地上，幽靈又顯出了原身。

海倫和派恩追上去，一個出拳，一個用腳，猛擊地上的幽靈，幽靈用手擋着拳腳，連連後退。

「打——打——」保羅在一邊大喊着助陣。

南森也跟了過去，幽靈被打得連連慘叫，已經毫無還手之力了。

「別打了——別打了——」幽靈開始大聲求饒，「別……」

南森叫兩個小助手停手，但警惕地盯着幽靈。海倫和派恩收起了拳腳，只見幽靈歪倒在地上，雙手扶着地，臉都有些變形了，它大口地喘着氣，似乎沒有了一絲力氣。

「把它捆起來。」南森説道。

海倫已經拿起了捆妖繩，她走向幽靈，要把它捆住。幽靈看着海倫的捆妖繩，明白自己一旦被捆住，就再也逃不了。

「嗨——嗨——」幽靈忽然對着海倫身後揮手。

「嗯？」海倫連忙回頭，派恩也轉頭，下意識地往身後看，看看幽靈在和誰打招呼，或是求援。

南森沒有上當，他向前跨了一步，要去抓幽靈。不過就在幽靈身前的海倫和派恩的目光被幽靈引開，擒拿動作也停止了。看到南森衝來，幽靈唸了句魔法口訣，急速起跳，它還是想穿越出地面逃走。

幽靈的身體剛一離地，保羅發覺它想逃走，縱身一躍，飛躍過去，一口就咬住了幽靈衣服的下擺。幽靈的頭穿越出了地面，但是下擺還被保羅死死咬住，保羅被拖拽着懸空，幽靈狠狠地擺腿，想甩開保羅，但是不成功。

地面上，本傑明把守着，他看不見地道裏的情

況，剛才把幽靈打下去後，用幽靈雷達鎖定了幽靈。忽然，幽靈的頭又冒出地面，而本傑明相距幽靈有好幾米遠。

「嗨——」本傑明大喊一聲，把手中的幽靈雷達扔了出去。

「噹——」的一聲，幽靈雷達狠狠地砸在了幽靈的頭上，幽靈慘叫一聲，隨即掉了下去。

「非常規戰術——」本傑明看着地面，走了過去，他撿起幽靈雷達，「哎，我的幽靈雷達可能被砸壞了……」

幽靈被砸得頭暈腦漲，隨後又重重地摔在地上，還把保羅給壓住了，不過保羅隨即鑽出來，幽靈沒有再爬起來，它頭暈腦漲，基本上沒什麼力氣了。

派恩衝上去又是一拳，幽靈這次只是慘叫，都沒力氣阻攔了。海倫叫停了派恩，用捆妖繩把幽靈捆住，幽靈不再掙扎，束手就擒了。

「拖出去。」南森看了看躺在地上喘息的幽靈。

海倫和派恩抓着繩子，把幽靈拖往地道外，保羅跟在後面，看着耷拉着頭的幽靈。

「老伙計，去告訴本傑明，幽靈被抓住了。」南森邊走邊說。

第十二章　曾經的男爵

保羅答應一聲，跑向外面，去通知本傑明了。幽靈則被海倫和派恩一路拖出了地道，進入了地下層。海倫和派恩把幽靈放到一條柱旁邊，亮光球的光令幽靈很不舒服，它一直低着頭。把它放在這裏是因為南森要對它進行詢問。

「抓住了嗎？」本傑明和保羅衝了下來，「叫它把幽靈雷達賠給我，都不靈敏了……」

「聽着，我知道你可能還不服氣，不想說什麼，但是我真的不想和你多囉嗦，博士問你什麼，你就如實回答，否則……」派恩蹲下身子，厲聲對幽靈說，隨後他站了起來，手指着天花板，「上面的木板是你蓋上去的吧？我把它打開，現在還有太陽光，我知道亮光球的光對你有刺激，但是遠不如陽光的威力，你要是不說，就來試一試……」

「不要，不要。」幽靈叫了起來，「我說，我都說，可是你們還沒有問什麼呢……」

「好，你叫什麼？」派恩很滿意地問道。

「西尼爾。」

「他叫西尼爾。」派恩轉頭看着南森，下面就是南森發問了。

「西尼爾。」南森點點頭，隨後上前一步，看着幽靈西尼爾，「先説一下吧，你為什麼要設計殺害德里克？就是那個男演員。」

「我、我在更衣室穿那件衣服，被他看見了，他、他還打電話給魔法師聯合會的人，説發現了魔怪現象，約好第二天和魔法師見面，我怕魔法師來了以後問出些什麼，我就通過別人的手把他殺了。」西尼爾有些驚恐地看着南森，「我也不知道德里克具體發現了我多少問題，也不可能去問他，乾脆讓他在和魔法師聯合會的人見面前死去，就這樣……」

「你聽到了德里克給魔法師打電話？」南森又問。

「是的，我偷聽了電話，這對我來説很容易。」西尼爾説，「我在劇院裏都是隱身的。」

「果然，整個陰謀，都是你的設計。」南森沉着臉，「把匕首換成真的，還在刀刃上塗抹劇毒，借女演員之手殺害德里克，把視線引向道具師達倫，製造是達倫調換道

具匕首的假象，然後殺害達倫，造成他畏罪潛逃的跡象，對吧？」

「是的，都是我設計的，這樣一切最終都指向達倫，沒有人會知道這是我在裏面起真正作用。」西尼爾低着頭説，他忽然抬起頭，「噢，直接告訴你吧，匕首上的氰化物是我從附近小鎮上的化學品公司裏偷來的。」

「達倫殺害德里克的理由，被你製造成他們有矛盾，發生激烈爭吵。」南森想了想説，「你説説吧，這個矛盾你是怎麼製造的？」

「我發現了一個機會，德里克有件演出服的口袋脱線了，讓達倫補上，達倫補好之後就還給了德里克。我隱身把補好的線扯斷，德里克根本無法察覺，他只是看到口袋根本沒有補上，破損更加大了。」西尼爾説着緩了緩，「……然後，德里克就去質問達倫，達倫當然不承認，兩人都吵了起來，吵得比較兇，我的目的達到了，達倫洩憤蓄意殺害德里克的理由有了。」

「非常陰險的設計。」南森有些難掩自己的氣憤，小助手們也恨恨地看着西尼爾，「那麼你是怎麼殺害達倫的？」

「我知道，一般開演之後，達倫會在道具室裏，而道具師助理萊斯利開演後總是在演員休息室打遊戲，所以我變成了萊斯利的模樣，在窗戶外面敲窗戶，還指着外面，達倫以為發生了什麼事，就從後門跑出來，出來後我一下就扭斷了他的脖子，當時後門那裏沒有人，人們大都在忙着當晚的演出。」西尼爾低着頭，聲音很小地描述着那晚的情況。

「樹洞是你挖的？」南森繼續問，「你怎麼想把達倫藏在樹洞裏的？」

「我沒辦法把達倫運走很遠，半路上會被發現的。埋在地面我就要挖坑，蓋上土後也會被察覺出來。」西尼爾說，「我就事先找了一棵最粗的大樹，在樹杈間使用魔力垂直挖出一個洞，把達倫放進去後，我把挖出來的碎屑填進去，我知道很少有人去後院那裏，更不會有人去爬樹，等到樹幹重新長好後，永遠不會有人發現這個秘密了，人們會一直以為當晚達倫就畏罪潛逃了。」

「說了這麼多，你對這個劇院倒是很了解，所以接下來一個問題，你為什麼要來這個劇院？你活着的時候是個演員？」南森話題一轉，這也是大家的疑問。

「不是，我不是演員，我是個男爵，五百年前諾丁漢城北西尼爾城堡的西尼爾男爵。」西尼爾忽然加大聲音，頭也抬了起來，「我去格雷劇院，就是去看戲，去看《秋日》，我喜歡這部戲，每次演出這部戲我都會去看，因為我覺得這戲就是在寫我的，我的經歷和故事幾乎一樣，我當年就是被心愛的人刺傷，她誤會了我，我一切都是為了她，只不過戲中被刺傷的威爾森沒有死去，而我卻傷重而死。所以，你知道的，我是一個怨靈，我有苦說不出呀，我怨恨呀……」

西尼爾的話的確震撼了大家，南森他們都沒有想到西尼爾有這樣的身世，不過他們大概也了解西尼爾成為一個怨靈的原因了。

「因為你曾經是個男爵，所以就住在這個古堡裏？」海倫皺着眉問，「你在懷念以前的時光？」

「我的城堡在我死了以後，又經過戰火，被夷為平地了。」西尼爾情緒有些激動，「我從墓地出來，我已經變成了一個幽靈，我找到了這裏，這裏很像我以前住的城堡。沒錯，我有很多地方可以住，但是我懷念以前的時代，以前的家，所以一直在這裏住了很多年。」

「那麼你在劇院裏穿道具服，就是那件古代貴族的服裝，也是在懷念過往……」海倫延續地說。

「是的，我隱身去穿那件衣服，但是正好被德里克看到了。我活着的時候經常穿那個樣式的衣服。」

「你是怎麼得知《秋日》這部戲上演的？」海倫又問。

「大概半年前，附近鎮子裏，晚上我在公園長椅上撿到一張報紙，上面有劇情簡介和上演時間，我也不是生活在真空中，我了解外界資訊就是靠人們扔掉的舊報紙，小鎮上有很多。」西尼爾說，忽然，他想起了什麼，「啊，我知道了，觀摩演出是你們的計謀，我上當了，我是看到報紙上說《秋日》重演前有觀摩指導演出後去格雷劇院的，我……」

「你以為呢？不這樣安排你怎麼會出現在劇院裏。」海倫說着轉頭看着南森，「博士，我明白了，這個幽靈半年多前得知了《秋日》的上演，就一次次地去看演出了，熟悉了劇院的一切，還溜進道具室穿貴族的衣服，結果被德里克看到了。」

「看演出的時候，你一直坐在二樓最右邊的包廂裏？」南

森點點頭，隨後問西尼爾。

「是的，那是我的固定座位。」

「包廂裏照明燈的電線被你弄斷的？」

「不弄斷電線，包廂票就可能被賣出去，而且我也怕光照。」

南森在幽靈身邊，走了幾步，他需要的答案一一揭曉了。他忽然停下，看着西尼爾。

「你從劇院逃走，然後跑回到這裏，可是我們到了後你根本不在這裏，你去哪裏了？你應該比我們早很多時間回到這裏。」

「我當然先跑回來，我好不容易回來，我餓了……」西尼爾回答說，「樹林裏有我下的圈套，套一些兔子、狐狸什麼的，我靠吸它們的血活着……」

「最後一個問題。」南森點點頭，「你說長年生活在這裏，可是我們在哪裏都沒有找到魔怪痕跡，你生活的房間應該有很多這種痕跡反應。」

「地下層最大的那個房間，走到底的右邊，用力推，那是一道假牆，非常厚，裏面是個密室，是給這裏的主人遇到危險時藏身用的。」西尼爾轉轉頭，「這樣的城堡，很多都有這種密室。」

西尼爾沒說完，本傑明和派恩已經向那個大房間跑去了。果然，他們用力推開了一道假牆，找到了那個密室，用幽靈雷達探測，密室裏都是魔怪痕跡，但是牆太厚，在外面根本檢測不到這些痕跡。

本傑明和派恩回來，把密室的情況告訴了南森。南森點點頭。

「給奧斯頓會長打電話吧，這個幽靈要交給他們魔法師聯合會處置。」南森看了看海倫，「我們……也要離開這個地方了。」

尾聲

「起來——起來——」偵探所裏，海倫拍打着派恩的房門，「快點起牀啦——」

「我再睡一會——海倫，你真是煩人——」派恩的聲音從房間裏傳出。

海倫似乎生氣了，她猛地推開派恩的房門，衝了進去。派恩還在被子裏，海倫上去就掀開派恩的被子。

「嗨——嗨——」派恩連忙抱着被子，蓋在身上，「合適嗎——合適嗎——大清早地闖進一個紳士的房間，我再睡一小會——」

「不行，説好的，今天是周末，上午先去參加肯辛頓公園圓湖舉辦的模型帆船大賽總決賽，本傑明的『本傑明號』要參賽的。」海倫大聲地説，「中午吃龍蝦餐，下午去西區的劇院看《媽媽咪呀》——」

「『派恩號』又不能參賽，你們先去吧，我再睡一會。」派恩沒好氣地説。

「還好意思説呢，偷工減料，預賽的時候你的船就沉

了……」海倫在一邊抱怨起來。

「嗨——嗨——」本傑明和保羅興奮地走了進來，「派恩，快點起來，給我加油去，『本傑明號』已經檢測完畢，整裝待發啦——」

「『本傑明號』今天能得前三名——」保羅一邊跳着，一邊說。

「我還想睡一會……」派恩還是懶在被子裏，不肯起來。

「博士——博士——看看這個懶家伙——」本傑明在牀邊叫了起來。

「來了，來了——」南森說着走了進來，「噢，派恩，說好了今天早起呀，今天有好幾個節目呢……」

「我、我……」派恩有點不好意思起來，他昨晚的確答應得好好的，不過他看了看本傑明，眨眨眼，「還不是因為本傑明——」

「因為我？」本傑明一愣，「為什麼？」

「我剛才做夢，夢見我和本傑明在打魔怪，魔怪很厲害。」派恩很是理直氣壯，「然後海倫就把我喊醒了，可是我一想，不能讓本傑明一個人打魔怪呀，我要繼續睡，繼續做夢，幫本傑明一起打魔怪……」

「這也算是理由？」本傑明上去就拉派恩的被子，保羅更是跳到了牀上。

南森看看海倫，兩人都笑了起來。

推理時間

麥克警長，蘇格蘭場（倫敦警察廳）高級督察，南森和警方的聯絡人，也是一名大偵探，屢破奇案。當然，他所偵辦的都是人類世界中的案件。一起來看看他偵辦過的案件，運用你的推理能力，想一想他是如何破案的呢？

觀眾席裏的搶匪

麥克警長的業餘生活是很豐富的，踢足球就是其中之一，他報名加入了「力量」足球隊，當然，這是一支業餘球隊。星期天，「力量」足球隊要和「駿馬」足球隊進行一場比賽，觀眾嘛，基本都是兩隊的家屬，來了三十多人。

比賽是在一個體育館外的足球草坪上舉行的，麥克警長是力量隊的前鋒，不過上場踢了十多分鐘，麥克連球都沒有碰到過，駿馬隊也不知道怎麼實力大增，去年麥克的球隊還和他們匹敵呢！這次比賽，上半場力量隊就以零比五的比分慘敗。麥克和隊員們垂頭喪氣地走下場，天氣比較冷，麥克他們的心更冷。

「我都沒有力量參加下半場比賽了。」麥克對球隊隊長說，「不知道還要輸幾個球呢！」

這時，觀眾席那邊一陣哄亂，麥克轉臉看過去，只見幾個人對着觀眾席指指點點的，大聲地説着什麼。麥克和隊員們立即跑了過去。觀眾大概有五十人，分散地坐着，因為天氣冷，他們都有點瑟瑟發抖。

「剛才在商場裏，有人搶了我的手袋就跑。」那幾個人中，一個女士焦急地說，「我們就一起追上來，搶匪倒是扔了手袋，但是不能放過他，我們就一直追，他跑到這些觀眾裏，我也認不出是哪個了。」

「不能放過他，這個手袋沒搶成，還會去搶別人的東西。」一個跟着追搶匪的男士氣喘吁吁地說，他擦了擦汗，「那人速度很快，我們追了一英里……」

「你確定搶袋的那個人跑到觀眾席裏了？」麥克問那個女士。

「絕對是，他進了觀眾席的人羣裏就沒出來了。」女士說。

「那他是什麼樣子呢？」麥克又問。

「沒看見樣子呀，就看見背影了，穿灰色夾克，可這裏的觀眾裏穿灰色夾克的不少呀。」女士很是無奈地說。

「觀眾都是家屬，看看誰不是家屬就可以把他找出來了。」力量隊的隊長說。

「我可不是家屬。」觀眾裏，一個老者說道，「我就住在附近，我喜歡看足球，知道你們比賽，就坐在這裏看了。」

「啊，我說怎麼這麼多人呢。」隊長連忙說，「家屬也就三十個，觀眾現在最少五十個……」

「行了，我知道是誰了。」麥克指着一個獨自坐着的年輕人說，「你就是搶匪，你跑不了。」

「我？」年輕人擦擦滿頭的汗，「你說我？」

「沒錯，就是你。」麥克上前揪住那個年輕人，「你是中場休息的時候跑來的，我們這也不是正式比賽，有比分牌，你要真是觀眾，那就說說，場上比分是幾比幾？說不出來吧？」

「我……」年輕人無奈地低下頭，「搶手袋的就是我……」

「啊，麥克，真厲害，可是……」隊長很激動，「你是怎麼識別出他的呢？他和別人有什麼不同嗎？」

「當然了。」麥克笑了笑，說出了原因，大家這才恍然大悟。

請問，麥克警長是如何識別出搶匪的？

答案：天氣很冷，觀眾們都瑟瑟發抖，搶匪跑了一英里後跑進了觀眾席，所以滿頭大汗，麥克以此認出了他。

魔幻偵探所 43

劇院謀殺案

作　者：關景峰
繪　圖：陳焯嘉
責任編輯：葉楚溶
美術設計：李成宇
出　版：新雅文化事業有限公司
香港英皇道499號北角工業大廈18樓
電話：（852）2138 7998
傳真：（852）2597 4003
網址：http://www.sunya.com.hk
電郵：marketing@sunya.com.hk
發　行：香港聯合書刊物流有限公司
香港新界大埔汀麗路36號中華商務印刷大廈3字樓
電話：（852）2150 2100
傳真：（852）2407 3062
電郵：info@suplogistics.com.hk
印　刷：中華商務彩色印刷有限公司
香港新界大埔汀麗路36號
版　次：二〇二〇年四月初版

ISBN : 978-962-08-7488-8

18/F, North Point Industrial Building, 499 King's Road, Hong Kong
Published in Hong Kong
Printed in China